アミとアライの詩《うた》

銀河系宇宙編

太田 祐一
OHTA YUICHI

幻冬舎 MC

アミとアライの詩《うた》　銀河系宇宙編

目次

◆エピソード2　銀河系宇宙を巡る旅

主な登場人物

アミ：龍の国の王女
アライ：星の国の王子
ミライ：アミとアライの子
マナ：アミと犬の仲良しの龍の女の子
マスターコビー：ミライが行きつけの酒場の主
ヤン、ロゼ、キャスパ：アミのひまわり畑で働いている人たち
アミの宇宙船の船員たち：ナビ（一等航海士）／青鬼（二等航海士）／赤鬼（一等機関士）／
ジョルジュ（通信長）／オト（料理長）
天龍：秘密の花園に棲み、いつもアミを見守っている巨大な龍
白龍のおばあさん：小川のそばの水車小屋に住んでいる白龍の老婆
マッキリン：麒麟使い。賢人のような風貌をした老人
ヨムルン：龍の門の主

エピソード
1

愛と平和の使者

前文

人類の歴史が始まる前の時代のことである。宇宙はビッグバンから始まり、星雲ができ、星々が広がり、ブラックホールが出来上がっていった。神々や天使たちは、天地創造の業に加わり、それぞれの役割を果たしていった。アンドロメダ星雲を監督する神、銀河系宇宙を監督する神、など、様々なミッションを受けて、宇宙は拡大していったのである。

この地球における創造の業は、神々や天使たちが見守る中で、特殊なものであった。今でこそ、エジプトやインドの神々、北欧の神々、日本のアマテラスをはじめとする神々の神話が残っているが、それらの神話は、いわゆる人間よりも高位の宇宙人たちを表しているに過ぎないのである。

この宇宙には、十二の段階があり、人間が住む次元は、三次元世界である。それは、宇宙の中の十二の段階の中で一番低いとされている。

三次元は、縦横高さの三つの要素からなっているが、二極化された世界である。四次元は、これに時間という概念が入ってくる。能力を持つ人間は、この四次元世界にまで、想念を向けることができる。四次元世界の影響を受けている者は、未来に強い思念を向ければそれが実現していくのである。

　五次元以降については、光と美、徳、悟り、など神性に関わる属性が加わってくる。

　では、地球の最初のころに、注意を向けてみよう。地球は、当初、火山活動が活発であり、地殻が絶えず変動し、大気と陸地の区分、海と陸地の区分などがはっきりしていなくて、混とんとした状態であった。地球の創造を担当する神々や天使たちが、ひっきりなしに飛び交っては、情報を交換していた。

　人類は、サルから進化したと言われているが、正確に言えば違っている。地球の大気が澄み、海や大陸の区別がつくようになったころから、地球に生命が存在するようになった。最初は、十二段階の最も高位の知的生命体が、生命の種を水の中に与えた。その最初の生命体から始めて、人間より高位の知的生命体は、徐々にDNAを追加することによって、より複雑な生命体へと進化させていった。だから、進化は、偶然に起きたのではない。そして、最後に、サル等のDNAに一対のヒトDNAを注入することによって、人間は存在するようになったのである。そうした人類の中に、特別な役割を持った人間が存在するようになった。

特別な存在

その者の生い立ちは、インドのヒンズー教の神々にさかのぼる。ブラフマー、ビシュヌ、シバという神々の中で、シバ神の神妃にあたる「山の娘」を意味するパールヴァティーの涙が流れ落ち、水晶の塊となった。その水晶は、何千年もの間、地中にとどまった後、火山活動によって水蒸気となり、生命力を得ることになる。その生命力が、インドの古代文明モヘンジョダロの時代に、一人に入り込み、生まれることになった。名前は、ウーマという女の子であり、小さいころから神殿に行っては勉強をし、快活な子どもであった。

十三歳になるころ、いつものように神殿で神様の話を聞いて、神官に様々な質問をしていたウーマは、夕日が傾き、すでに夜になっていることに気づいた。家に帰らなければならない。そう思いながら夜空を見上げてみると、月が満月になっていた。「ああっ、満月だわ。足元を照らしてくれる明かりとなってくれるのね。お月さん、ありがとう!」そう言って、ウーマは家路についた。帰り道の途中に、サカキの木がうっそうとした茂みの中を通った時のことである。道から少し離れたところに大岩がある。ビッグストーンという。そこの上に、白い衣を着た美しい輝く女性がいる。

「いったい、誰だろう?」と、思ったウーマは、穏やかで心優しい、金色の肌を持つ美しい女の人に話しかけた。

「あなたは、誰ですか? どうして、こんなところにいるのですか」

するとと、女の人はこう言った。

「私は、パールヴァティー。あなたのことが気がかりで、月の神様の許しを得て、ここで待っていたのよ」

「えっ! どういうこと?」と、ウーマ。

「あなたは、私の分身なの。私の命があなたの中に、注がれているの。だから、あなたが幸せになってほしいと思っているから、こうして会いに来たのよ」

「えっ。わからない……!」と、両手で頭を抱えたウーマ。

「今はわからなくてもいいわ、ウーマ。あなたをいつまでも見守っています。その証として、あなたの右手の薬指に指輪を授けるわ。その指輪は、特別な人しか見えないのよ」

「どうして私の名前を知っているの?」

そしてウーマは、自分の右手を見て、びっくり……月の光をそのまま輪としたような指輪が薬指にはまっているではないか!

もう一度見上げて、その女の人に話しかけようとしたら、……すでに、誰もいなかった。

ウーマは、「不思議だな……」と呟き、家へと帰っていったのである。

◆満月の翌朝

「ウーマ、早く起きなさい」「神殿での清掃奉仕だったろう？　今日は……」

と母親の声がする。

「はーい、今、行きます」

ウーマは、急いで起きると、窓辺に来ている二羽の小鳥に餌をやり、階段を下りて食卓へ向かう。

「おはようございます」

「あぁ、おはよう、ウーマ」と、母親。

「おはようございます、お父様」

「おはよう、ウーマ」

「昨夜は遅かったようだが、何かあったのかね？」と、父親の声。

「えぇ、昨夜はとても不思議な出来事があったの」

「なんだい、それは……？」

「お父様、これを見て！」と、ウーマ。

ウーマが右手を差し出すと……

「うん、手がどうかしたのかい？」と、父親。

「ちゃんと、手を洗ってからご飯だよ」と、母親。

「えっ、見えないの？」と、ウーマ。

「何が……」と、父親と母親は互いに顔を見合わせながら、不思議そうな顔をしている。

『あっ、見えないの、私には美しく輝く指輪が見えるのに、お父さんとお母さんは見えないんだ……』

そう、心の中で呟くと、ニコッと笑顔に切り替えて、

「お父様、お母様、行ってきまーす！」と言って、さっさと、家を出て、小走りに駆けていく。

「ウーマ、朝ご飯はいいの？」

「お母様、大丈夫よ！」

「じゃあ、お弁当は持っていきなさい！」

「あっ、そうだ」

急いで、家に入ると、テーブルに置いてあるお弁当を持っていくウーマ。

「夕方には、帰っておいでよ」と母の声。

「はーい！」と、ウーマ。

◆神殿での清掃奉仕

十二〜十四歳くらいの子どもたちが、神殿で清掃を行っている。モップをかける者がいたり、机を拭く者がいる。そうした中に交じって、ウーマは、机を一生懸命拭いている。神殿の祭壇のある広間の片隅に一人たたずむ男の子がいた。名前は、シモン。シモンは、じっと、ウーマを見ている。清掃奉仕が終わりがけに、シモンは、ウーマに近づいて、こう言った。

「君がしている指輪は、とてもきれいだね。まるで、月の光のようだ」

ウーマは、顔をあげて、シモンを見つめる。

「あなたには、私の指輪がわかるの?」

「みんなはわからなくても、僕はわかるよ。僕は太陽の王冠をいただいているから……」

シモンの頭の上を見ると、

『確かに王族の王冠のようなものをしている。でも、誰も他の人は気づいていないみたいだ』そう思うと、別にびっくりしたような素振りを見せずに、シモンに話しかけた。

「私たちだけみたいね、きっと。他の人たちは、自分のことで忙しいのよ……」

「僕たち、何か、違うところがあるみたいだね」と、シモン。

二人、顔を見合わせて、ニコッとする。

清掃奉仕の後、神殿で神官様が、地球がどうしてできたのか、人間がどうして存在するようになったのか、話をしている。話を聞いてから、友達たちとおしゃべりしたりした後、夕方になっていたので帰ろうとすると、門のところにシモンが待っていた。シモンとは、そんなに仲良しというわけではなく、同じクラスの男の子というくらいしか、認識がなかった（ウーマは、たくさんの友達がいて、誰とでも仲良くなれる女の子だった）。

シモンは、ウーマに話しかけた。

「次の満月の夜に、ビッグストーンのところで会わないか？　祈祷師のサン先生がしきりに言うんだ」

「私は、あそこで指輪を受けているわ。何か、意味があるのかもしれないわね。わかったわ。私も一緒に行くわよ」とウーマ。

ウーマは、次の満月まで一カ月近くあったので、自分からおじいさんやおばあさんに話を聞いたり、月の神様のこと、太陽の神様のこと、龍神様のことなど一生懸命調べたりした。いろいろとわかることがあったが、結局は、その日になってみないとわからない、ということに気づいた。

ビッグストーンにて

待ちに待った満月の日である。夕日が落ちて、薄暗くなったころ、ウーマはビッグストーンのほうに足を急ぐ。誰かがいるようだ。そう、シモンがすでにビッグストーンに来ていた。

「待っていたよ、ウーマ。僕は、夕日が落ちるのを見ながら、ここで待っていたよ。そして、なぜ、自分がここに来たのか考えていたんだ」と、シモン。

「私も、前回の満月の時から一カ月、ずーっと、考えてきたわよ。どんなに考えてもわからなかったけど、ここに来たらわかるような気がして、あなたの言う通り、ここに来たのよ」とウーマ。

「僕たち、どうして指輪や王冠をしているんだろう?」

「そして、二人だけしか見えないのってどうしてなんだろう?」とシモン。

「きっと、今夜、すべてがわかるわよ」とウーマ。

二人は、ビッグストーンの前で、いろんなことを話している。そうしているうちに、時間が過ぎていく。あたりが静かな中で、満月の光だけが、あたりをしっかりと照らしている。どこからともなく、ゴーッという竜巻のような音がする。いったい何だろうと、二人がたたずんでいると、ビッグストーンのところが、煙のようなもので一瞬見えなくなってしまう。

しばらくして煙が晴れてくると、そこに現れたのは、三つの影……。

荘厳な光を放っている。三つの者たちそれぞれから、パワーが出ているようである。

「いったい、何が起きたの？」とウーマ。

「僕にもわからないよ」とシモン。

二人が、茫然として見上げている中、一人の人が話し始めた。

「私たちは、あなた方の味方です。私は月の神、私の右側にいるのが太陽の神、左側が龍神です。あなた方が受けた王冠と指輪は、あなた方を守護する太陽の神と龍神が助けを差し伸べることを表しています。そして、あなた方が手と手を繋いで一つになると、大いなる救いが、この宇宙全体にもたらされるのです」

「さぁ、このビッグストーンの上に登りなさい。そこで、指輪と王冠を近づけるのです。そして、こう言いなさい」

「はしわたすこいにこま……」

ウーマとシモンは、あっけにとられながらも、言われるがままに、ビッグストーンに登る。

そして、その頂上に着くと、言われた通り指輪と王冠を合わせて、呪文のような言葉を唱え始める。三柱の神々は、上空から彼らを眺めている。

二人が呪文のような言葉を唱えるやいなや、地震が起き、雷が鳴り、再び煙が上がったのである。

しばらくして……

二人の姿は、そこになかった。三柱の神々もそこにいない。二人は、タイムトンネルの中に入っていったのである。

◆◆ 第一章　アミの生い立ち

アミは、龍の国に生まれた王女であった。年若いころから王様の子どもとして育てられ、皆から可愛がられる愛らしい子であった。アミと一緒に育ったのが、マナという名の龍であった。マナは、アミといつも一緒で、アミに寄り添っては、一緒に遊んだり、勉強をしたり、アミの隣に添い寝したり、毎日を楽しく暮らしていた。アミは、マナの背中に乗って空を飛ぶのが好きで、自由にあちこちを行き巡っていた。五歳の時には、水中をくぐることを覚えて、マナと一緒に水中マスクと眼鏡をかけては海の中を散策し、サザエやアワビなどの貝類を採っては王様を喜ばすのであった。

龍の国の様子は、次のようであった。王族は、現代の人間のようであり、王族が天の神に祈ったり、祭祀の職を司り、将来の予言をしたりして、人民を治めていた。次に位が高いのは、武族である。武族は、完全に龍たちからなっており、戦闘能力を備えていた。龍の子たちは、幼いころから王族の子たちと仲良くしていて、共に育つことも珍しくなかった。ゆえに、アミとマナは仲良しだったのである。さらに次の位に来るのは、商いをする者たちや物を作り出す工人たちであった。彼らは、人間と龍の混血のような者たちで、星の国の者たちや、天の神々とかかわりを持っていた。

また、街並みについては、石とレンガ造りの建物が多くあり、漆喰を使って石やレンガを固めていた。また、歩道も石造りであったが、酒場など人々が娯楽でくつろぐところは、木造の建物が多かった。街を広げるために、大工や左官、石工などは重宝されていたのである。

龍の国では、農業は必要でなかった。人々の愛と誠の精神が環境に影響を与え、食べていくのに必要なものは、自然と自生するのであった。この国の人たちは、現代の地球人が食べるオートミールのようなものに、果物やお菓子を混ぜたようなものを食していた。ただ、人々は美的センスが高く、花を栽培するのは好きであった。事実、王族は、祭祀職を果たすために、神殿の裏庭には広大な土地を持ち、ひまわりの花を栽培することなど珍しくなかった。

アミが十三歳の時である。夏の暑い時期、と言っても、風は涼しく、夜には、窓のところから涼しい風がレースを揺らしていた。いつものように、アミはマナと一緒に休んでいた。すると、かすかに声がする。それに気づいたマナは目が覚めて、注意深くあたりの気配を探る。

「ウ……」「ウ……」「ウ……マ……」

アミも目が覚めた。そして、耳を傾けていると、

「ウ……マ……」「ウ……マ……」と、聞こえる。

いったい何だろうと不思議に思っていると、そこに現れたのは、白いドレスを着た美しい女性だった。窓のレースが揺らいでいるところに立っているのである。

アミは、びっくりして、問いかけた。

「あなたは、どなたですか?」

すると女性は、微笑みを浮かべて、こう答えた。

「私は、あなたの最初の母親パールヴァティーです。あなたは、最初、私の涙から生まれ、ウーマという名でした。今は、何と名乗っているのですか?」

アミは、目を丸くしながら、

「アミです」「そして、ここにいるのが私の大事なマナです」と答えた。

「あなたに、大切な宇宙の使命を託します。あなたは、この宇宙にあって、愛と真実の種を撒く者となるのです」

と、その女性は語った。

「えっ！」アミは思わずマナを見つめ、二人はびっくりしていた。

いったい何のことだろう？　二人は互いに顔を見合わせて、考えていた。

次にその女性のほうに顔を向けた時にはもう、その女性の姿はなかった。

アミは、マナに話しかけた。と言っても、マナは、テレパシーでアミに返答するのである。

『マナ……、不思議なものを見たね？』

マナは、うん、うんとうなずきながら、テレパシーで、

『本当だね。でも、これは誰にも話さないほうがいいよ』と、語る。

それを受けて、アミは、

『王様にも、お妃様にも……』

アミとマナは互いに確認し、このことは黙っておこうね！と、話し合った。

その晩、二人は眠れなかった……。

アミは、すくすくと成長していった。十三歳を過ぎてからは、神殿の祭壇で仕えることを覚えていった。最初は、祭壇で仕える祭祀のために雑用を果たしながら、神殿のお掃除とか、水盤の水くみ、神殿をひまわりの花で飾ることとか、様々なことをしていた。

当時、人々の間では、テレパシーで会話をすることは普通のことであり、瞬間移動で動くこともできた。しかし、どの程度それができるかになると、その人の悟りや霊格の高さによって異なっていた。

アミの場合、幼い時から霊性が高く、神様や龍神様たちから愛され交流をすることができていた。十八歳になったころには、一般の人たちから相談を受けて、神様の言葉をその人たちに伝えることができたので、様々な人たちがアミのもとに来ては、相談に乗ってもらっていた。

ある人は、次のように相談した。

「アミ、私の幼い子どもが病気にかかって苦しんでいます。このままだと死んでしまいます。どうしたらいいの？」

それに対しアミは、祈りを捧げ、こう言った。

「泣かなくていいですよ。あなたの家の近くにあるマルタの泉に行き、水を汲んできなさい。それを飲ませると、その子はよくなります」

別の人は、次のような相談をした。

「アミ、ひまわり畑で花をたくさん作りたいのですが、あまり増えません。どうしたらいいでしょうか？」

アミは、こう言った。

「あらゆる幸をもたらす、万幸脈を見つけなさい。その万幸脈のあるところにひまわりの花はたくさん咲くでしょう」

このようにして、アミは、人々がひっきりなしに相談に来るのに対応していったのである。

◆◆第二章　サライの生い立ち

ここに一人の若者がいる。純粋な心を持ち、真実を愛し、仲間のために生きる勇気を持つ。名は、サライ。彼は、星の国の一貴族の出身である。アライ族に属する。アライ族は、かに座大星雲を拠点とし、宇宙の様々なところで生じる問題を解決する勇敢な部族である。

サライは、物心ついたころから、武術を教えられてきた。幼少の五歳のころには、同年代の仲間たちは相手にならず、十三歳ほどの人たちに交じって、あらゆる武術で鍛えられていた。父親であり師匠であるムライは、自分の息子に対していつも、厳しくも優しいまなざしを向けていた。

ある時、正攻法のみで戦おうとするサライに対して、武器を持たずして戦う方法について教えた。ムライは、次のように語る。

「サライよ、武器に頼ってはならない。武器を取る者は、武器によって滅びるのだ。お前の真（まこと）の心を持って戦いなさい」

「真の心ですか？」と、サライ。

「そう、真の心だ」

「それは、どうすればよいのでしょうか、父上？」

「あなたの心に問いかけるのだ。……わが血にて、えいあのかぎり……」

と、ムライは教える。

「その言葉の意味は、何でしょうか？　父上」

「今は、わからなくともよい。これから修行を重ねる毎に、その意味を悟る時が来る。それまでしっかりと修行を重ねるのだ。よいな」

「わかりました。父上、そのようにいたします」

サライは、父の教えの通り成長し、戦闘能力を増し加えていった。

サライが十五歳になった時のことである。星の国において、十五歳以上の武術を行っている者たちの大会が開かれた。その名も、「星の国　勇者武術大会」。サライは、十五歳の時には、アライ族の中において右に出る者がいないほど、戦闘能力が高くなっていた。

この武術大会において、サライは一族の代表として、かに座大星雲の様々な部族の者と対戦をしていった。

一回戦……カスパー

（ボレアリス星の代表）

二回戦……ブルーム

（アウストラリス星の代表）

三回戦……ミンツ

（メネファ星の代表）

四回戦……ラルフ

（四つの恒星からなる連星系。テグミン星、ピアウトス星、ナーン星、ナシカ星の代表）

準決勝……オーゲスト

（五十五番星の代表）

決勝……リッテンハイム

（アクベンス星の代表）

なお、サライは、ターフ星の代表である。

その他の特徴ある恒星として、シータ四等と六・六等の星からなる二重星、X星などからもこの大会に参加している。

【星の国　勇者武術大会　参考資料】

一回戦　カスパーの特徴
外見は、ロバの姿、戦闘能力のあるロバに変身する。
※ボレアリス星が、ロバの飼い葉おけを意味する名前からきている。

二回戦　ブルームの特徴
隠れ蓑の術を使う。
※アウストラリス星は、地上から見た時、星が隠れることがある。

三回戦　ミンツの特徴
言葉を駆使して、相手を惑わす戦術を使う。
※メネファ星のメネファは、「惑わす」という意味がある。

四回戦　ラルフの特徴
分身の術を使う。
※四つの恒星からなる連星系。四つに分かれたり、一つになったりする。

準決勝　オーゲストの特徴

五十五番星は、ほとんどがダイヤモンドでできた星である。
オーゲストの特徴として、全身がダイヤモンドでできており、かなり手ごわい。

決勝　リッテンハイムの特徴
自ら皇帝を名乗り、かに座大星雲を支配しようとたくらむ。

サライの特徴
ターフ星は、かに座大星雲の中で最大の星である。サライは、その星の代表。
のちに、X星の使者が、リッテンハイムに話を持ちかけ、改名したアライの暗殺を企てる。

それぞれ、戦闘能力がある勇士たちである。また、それぞれが得意とする技を持っていた。サライは、父に教わった通り正攻法で攻め、一人一人の難敵を倒していった。その中でも、決勝で対戦したアクベンス星のリッテンハイムは、特に手ごわい相手だった。
リッテンハイムは、自らを皇帝と名乗り、それまでの五人の戦士たちの技を兼ね備えていた。最初、リッテンハイムがサライと対戦した時は、普通の王室にいる者の姿だった。すると次の瞬間、リッテンハイムは強靭なロバに姿を変えた。サライに突進してきた際、サライは上手にリッテンハイムの後ろに回り、ロバの姿になったリッテンハイムの背中に乗る。サライは、ロバの両耳を後ろからつかみ、とどめを刺そうとした際、ブルームの得意技である隠れ蓑の術を使った。

「どこにいるのだ！　リッテンハイム。卑怯者」サライがそう叫ぶと、

「どこにいるかって？　君の真ん前にいるじゃないか？」と、声がする。

「ほら、こっちだよ」「そこじゃないよ、ここだよ」といろいろな場所から声がする。

リッテンハイムは、ブルームとミンツの技を同時に用いてきたのである。

サライは、神経を集中し、父親から授かった真剣『ムライ』をまっすぐに立てて心を一つにする。「見えた」と、心で呟くと、ある一カ所に刀で頭上から切りかかる。すぐにリッテンハイムは、ラルフの特徴である分身の術を使う。姿を現したリッテンハイムが笑う。

「それは本物じゃないよ。私は、ここにいるよ」と、分身して十人くらいになったリッテンハイムが同時に話しかける。

しかし、サライは、父親のムライに教わった通り、目を薄く閉じ、神経を一点に集中していると、分身した一人から他とは違う波動を感じる。「ここだ！」そう言って、サライは、その者に切りかかる。危うく切られそうになったリッテンハイムは、オーゲストの特徴であるダイヤモンドに変身する。

「うっ、ダイヤモンドには歯が立たない」と、サライは、リッテンハイムとの距離を置く。

すると、リッテンハイムは、力の限り、サライに向かってくる。攻撃をかわしながら、サライは、どうしたものだろうか？と、考えていた。そこで思いついたのが、太陽の力を借りることだった。

『ダイヤモンドは、熱に弱いはずだ。太陽の力を借りて、熱を奴に放射すれば、オーゲストの技を逃れることができる』そう思うと、両手を上げ、手のひらを重ね、刀を立てて、太陽の光をリッテンハイムの顔に合わせていく。刀から反射した光がリッテンハイムの目に入った時、光に伴う熱に耐えられずに、ダイヤモンドの姿から、本来のリッテンハイムの姿に戻る。

リッテンハイムは、肩で息をしており、体力を消耗していた。

サライは、この戦いにおいて、随分と時間がたっていることに気づいた。戦闘が膠着状態になっている。お互いに、顔を見合わせている。そこに、ムライの愛弟子のセイカがテレパシーでサライに語りかけた。

『サライ、……わが血にて、えいあのかぎり……』

サライは、はっとして、思い起こした。父親であるムライが教えてくれたことを……。

サライは、自分が手にしていた『ムライ』をリッテンハイムの前に投げ出した。リッテンハイムは、それまでの緊張感をなくして隙を作ってしまった。

サライは、「わが血にて、えいあのかぎり」と、声を出して語り、素手でリッテンハイムに向かっていった。相手は虚を突かれ、サライの一撃によって、その場に倒れた。

これによって、結果は出たのである。サライは、「星の国　勇者武術大会」の優勝者となった。

かに座大星雲の全体を取り仕切る星の国の王様は、サライを王宮に招き入れ、歓迎の宴を設けた。そして、その時に与えられた名前が、アライである。一族の代表とみなされる者に一族の称号が与えられるのである。

アライは、引き続き自己鍛錬を行い、ムライのもとで修行に励んでいった。

そのアライに、使命が与えられたのは、十八歳の時である。星の国も、龍の国と同じように、農業はしなくても、自然に食物が自生する素晴らしい環境であった。人々のスピリチュアルはかなりのもので、愛と誠によって、人々は生活をしていた。ゆえに、『自分たちの国の支配が宇宙すべてにとって、一番良いものである』と誰もが思っていた。

そうした中で、龍の国が、自分たちの支配が真に宇宙の平和をもたらすと言っているではないか？

このことによって、星と龍は互いに牽制し合う関係となっていった。しだいに、互いの摩擦がこじれ合い、天の覇権を巡って、争う関係になったのである。

そうした中で、アライは、王様から使命を受けたのだ。

王様は言った。

「アライよ、【星の宝】と言える人を見つけ出し、世界を星の輝きで満たすようにしなさい」

さらに、
「龍の国へ行って、その国の状況を探り、適時星の国へ報告をするように」
アライは、王に敬意を示すとともに、自分が受けた使命を果たすべく、龍の国に侵入する決意をするのだった。

◆第三章　アミとアライの出会い

その土地は、一面にひまわりの花が咲いていた。二十名ほどの人たちが、王室から雇われて、ひまわりの栽培に携わっていた。隣接する神殿には、毎日、ひまわりの花が飾られ、その神殿に参拝に来る人々は、この国の繁栄を願い、また、自分や家族のために、幸せを求めて祈るのであった。

そう、この国は龍の国、人々が平和に生きることができる、幸せの国であった。王室は栄えており、側室に王様の子どもたちは数多くいたのだが、正室のお妃様からは、なかなか子どもが生まれなかった。やっと生まれた子どもが、女の子であった。王様はためらわずに、王族の名前である『アミ』という名をその子に与えた。

アミは、神殿で奉仕をする時に、いつもひまわりの花を用いた。毎日の神殿での勤めを終えた後に心が和むのは、裏庭から続くひまわり畑を散歩する時だった。アミは、散歩をしながら、雇われている人たちと会話をすることが楽しみだった。なぜなら、アミに会うために、国中の多くの人が神殿に来て、その人たちのために神に祈り、神の言葉を与えなければならなかったので、心身共に疲れることがあった。そうした一日の終わりに、心を休めるための時間が、ひまわり畑で働く人たちとの語らいであった。

ある時、神殿での奉仕をしていた時のことである。一人の人が、こう言った。

「アミ、この龍の国は、平和で繁栄しているが、星の国の人たちも自分たちの国が繁栄していると言っている。私はかつて、商いで星の国を訪ねたことがあるが、確かに、我が国と同じように、平和で繁栄している。龍の国、星の国が互いに繁栄しているのはよいことだ。しかし、この二つの国が天の覇権を巡って、対立しているのはどうしてだ？　対立しているというだけでなく、宇宙のあちらこちらで最近、いざこざが起きている。アミは、どう思うか？」

アミは、この問いには困ってしまったが、神に祈り、その者に答えた。

「天の下のすべてのことには、時があります。物事が一時的に、困難であったとしても、必ず解決する道が開かれます。それまで待ちましょう。神様がふさわしい時に、ふさわしい仕方で、物事を取り計らってくださいます。それを信じてください」

そう答えると、アミは、どっと疲れが出てしまった。神殿での奉仕を終えると、裏庭のひまわりがたくさん咲く中で、沈んだ気持ちでベンチに腰かけていた。今にも、泣き出しそうにして……。

すると、遠くのほうで、誰かの歌声がする。とても美しく、澄み切った声である。今まで、聞いたことがないような、優しい声で歌っている。

『いったい誰が歌っているのでしょう』そう思って、ひまわり畑の中を探していくと、体格ががっしりした男性がそこにいた。その人は、ひまわりの手入れをしながら、花に語りかけるように歌っているのである。

「あなたは誰？　初めてお会いするわ」と、アミが語る。

初めて、アミの声に気づいたその人は、次のように言った。

「私は、アライと言います。先日、神殿の方からこのひまわり畑を手入れするように仕事が与えられました」

「そう、それで初めてお会いするのね。あなたの歌声ってとても素敵ね。もっと、歌ってくれる？」と、アミ。

「かしこまりました。では、もう一曲、歌わせていただきます」と、アライ。

（ひまわりの花の美しさと、星のきらめきを結びつける歌を歌う……）

しばらく、歌を聞いて、拍手をするアミ……。

「素敵な歌ね。あなたの声に聞きほれました。私はアミ。神殿で仕える者よ。神殿での勤めを終えてから、時々、こうしてひまわり畑でくつろぐことがあるわ。また、歌を聞かせてね。アライさん。ありがとう」

そう言うと、アミは、去っていった。


アライは、龍の国の王室の様子を知りたがっていた。アライは、龍の国をスパイするのが一つの目的であったために、王の神殿で勤めをするアミと接触を持てたのは、好都合だったのである。

アライは、龍の国に来るまでの一年間は、星の国において、【星の宝】と言える人を見つけようと必死だったのである。しかし、星の国においては、男性も女性も【星の宝】と言えるような人を見つけることはできなかった。そして、もう一つの星の王様からの命令である龍の国の状況を探り、母国へ報告するようにという命令を思い出していた。そこで、アライは、【星の宝】と言える人を探しながらも、龍の国の様子を母国へ報告するために、このひまわり畑で働くようになったのである。

しばらくして、アライはいつものように、ひまわり畑で働いていた。美しい歌声を響かせながら……。するとアライの歌声に合わせて女性の声がする。二人の声が調和して、ひまわり畑に響く。周りで働いていた他の労働者たちも、自分の手を休めて、二人のデュエットに聞きほれてしまっていた。

アライの前に現れた女性は、そう、アミだった。アミとアライの歌は、美しくひまわり畑の中で響いていった。

「あなただったのですか？　アミ」とアライが語る。

「美しい歌声ですね……。アミ」

「ありがとうアライ。あなたの歌を何度も聞いて、私も歌えるようになったのよ」とアミ。

それから二人は、会話をするようになっていった。

当初アライは、自分の使命のことを第一に考えていた。龍の国の様子をつぶさに知り、本国に報告することだった。しかし、一年たち、二年たつうちに、アミの美しさ、朗らかさ、周りを明るくする笑顔に惹かれていった。特に、アミとマナが二人で楽しそうに遊んでいる姿を見る時に、アライも一緒に遊ぶのであった。そう、空を飛んだり、海の中に潜ったりして……。


ある時、アミはアライに話した。

「このひまわり畑の向こうに美しい川が流れているわ。川の名前は『サザール川』というの。そして、その川の向こうには、私しか知らない花園があるのよ。そこに行ってみない？」

「うん、そうだね。どんなところだろう。アミが気に入ってるところなら美しいと思うよ」と、アライ。

　そう言うと二人は、マナを連れて、畑の中を歩き始めた。しばらく行くと、川の流れに出会う。

「この川は、サザール川なの。あの向こうにある万幸脈から流れてくる水だから、ひまわり畑は、一年中、いつも美しい花を咲かせるの。だから、この水は大切なの……」

　そう言って、アミは川の水を手ですくい、おいしそうに飲んだ。

「あっ、僕も飲んでみよう！」アライはそう言って、川の水を飲んだ。

「おいしい、おいしい、この水は、特別な味がするぞ！」アライは、喜びながら水を飲む。

「もっと、もっと、もっと！」

　その川を渡って、しばらく歩くと、白いユリの花がたくさん咲くところに来た。

「ここからが私の花園よ。ここから先は、まだ、私しか入ったことがないの。この花園に入る時は一つの呪文を唱えなければならないの。それは、神様から教わった言葉。私が唱えるわ……」とアミ。

「わが血にて……えいあのかぎり……」

　アライはびっくりした。

『この言葉は、私が父上から教わった言葉。どうして、アミが知っているのだろう？』

アライは、目を丸くしたまま、アミを見つめている。アミは、さも当然、といった表情でこう言った。

「アライ、さあ、行きましょう。花園へ」

それまでぼんやりとしか見えなかった花園が美しく輝いて、入り口のような扉が開いた。ちょうど、結界が開かれるようにして、龍の国よりもさらに次元の高い、六次元の世界がそこにあったのである。龍の国や星の国は、五次元世界であり、スピリチュアルが優れ、人々の能力は非常に優れていた。しかし、六次元世界は、さらに精神性が優れ、愛と知性が完全に調和している世界だった。ゆえに、五次元までは戦いあっていたのだが、六次元になると愛と知性によって戦争は解決していたのである。

アミの花園は、六次元世界の花でいっぱいだった。アミの花園に入った二人を待っていたのが、第一の部屋であった。そこは、明るく、空気が澄んで、空はブルートパーズの輝きのように、どこまでも透明だった。そこは、六次元の花がたくさん咲いている。誰が来ても心が洗われる美しい部屋だった。アミとアライは、宝石のような部屋の中で、いろいろなことを話し合った。特に、アミは自分の生い立ちのこと、また、マナについて話した。すると、マナが近くでにっこりとほほ笑んだ。しばらく、アミはマナとじゃれ合いながら笑っていたのであるが、アライに聞いてみた。

「アライ、あなたはどこから来たの？　あなたのお父様やお母様は、どんな方？」

アライは、少しびくっとしたが、次のように答えた。

「私は、別の国から来ました。といっても、自分がどのようにして、この龍の国に来たのかわかりません。気づいた時には、この国にいたのです。そして、生きていくために、仕事を探していました。運よく、神官さんに助けられて、ひまわり畑で働くようになったのです」

「そうね。アライがここに来てから、もう二年になるわね……」

アミは、ポツリと話した。そして、こう言った。

「ねぇ、一緒に歌いましょう」

すると、アライは、この部屋の花の美しさを讃える歌を歌い出した。それに合わせて、アミも歌うのであった。マナはおどけて、タンバリンをたたいたり、踊ったりするのだった。

第一の部屋は、『光の間』である。そこでアミとアライが歌っていると、それを聞きつけて、天空に大きな影が現れた。それは、空全体を覆うような大きな影であった。雷が鳴り、雲が上空を覆い、天から声がした。

「アミ、恵まれた者よ。私は、あなたを見守る天龍である。私はあなたと共にあり、いつもあなたの守りとなる。あなたと共にいるマナは、私の子どもである。私の代わりにあなたのそばにいて、あなたを守るのだ。これからもよろしく頼む……」

そう言うと、静かに天の場所から、立ち去って行った。しばらくすると、光の間は、普段の様子に戻り、青く澄み切った空になった。

アミとアライ、マナは一緒に光の間を後にして、ひまわり畑に戻っていった。

◆◆第四章　アミの部屋

ひまわりが一面に咲き誇る畑の中、アミは、神殿での勤めを終えた後、鼻歌を歌いながら散歩をするのが好きだった。心を癒すのにこの畑に来ることが楽しみの一つだからだ。共にいるのは、龍の子、マナ。二人は、ひまわり畑で遊んでいる。

今日は、少し足を延ばして、川の向こうにある六次元の花園に行こうということになった。いつもの通り、万幸脈から流れてくる川を渡り、秘密の花園へと向かっていく。ユリの花が生い茂るところを通って、秘密の呪文を唱え、六次元の花園へと入っていく。以前と同じように、光の間でくつろいでいると、アミの頭上には、巨大な龍が現れた。上空の景色は一気に雲が出て、稲光があちこちで響き渡る。龍は、アミに話し始めた。

「アミ、選ばれし者よ。そなたに託する大切な話がある」

「えっ、何？　黄金九頭龍様、何なの？」

「そなたの後ろにある部屋に入りなさい。そこはあなたの部屋である。そこで、いつものように呪文を唱えると……」

「はい、黄金九頭龍様。言われた通りにします」

アミは、目をつぶり、両手を合わせて、呪文を唱える。

「わが血にて……えいあのかぎり……」

すると、どうだろう。光の間の後ろにポッカリと、入り口が現れた。アミとマナは、その部屋に入っていく。すると、その部屋は七色に変化して、美しい女性の声がする。

「アミ、よくここに来ました。あなたに託したいことがあります」

「はい、なんでしょうか？　そして、あなたは誰？」とアミ。

「私は、月の神の使者です。あなたは、龍の国で王女として育てられてきました。あなたは、この龍の国のみならず、宇宙を平和にするための使命を受けております」

「はぁ」

「あなたの右の手を見てごらんなさい。あなたの薬指に新しい指輪を与えましょう。美しく七色に輝く指輪です。あなたのところに現れる人で、その指輪に反応する人がいます。その人は、龍の国を救い、宇宙に平和をもたらす者となるのです。あなたは、これから龍の国の希望となる人を見つけることが神々からの使命です……」

「えっ、私が……ですか？」

そうアミが答えると、右手の薬指が反応し、七色に輝き始め、まばゆいばかりの光を放ち始めた。

「普段は、このように反応することはありません。あなたのところに現れる人も、すぐにはその人とわかりません。しかし、ある特別な環境で、その人とわかるように指輪が反応するのです。さぁ、行きなさい。アミ……」

アミはそう言われると、強い衝撃を受けて、その場に倒れてしまった。


しばらくして、アミが目を覚ますと万幸脈から流れてくる川のところにいた。マナはアミを見て、ニコッとほほ笑んでいる。アミはマナに話しかけた。

「秘密の花園に行ったよね……？」

ウンウンとマナはうなずいている。

「そこで、女神様に会ったわよね……？」

マナは、ウンウンとうなずく。

「そこで、大切な使命を女神様から授かったわよね……」

マナは、さらにウンウンとうなずきながら、テレパシーで、

『アミ、女神様は、龍の国の希望となる人を見つけるように言ったよ。その人に会った時に指輪が特別な反応をすると言ってたよ……』

アミは、自分の右手の薬指の指輪を見て、不思議そうにしていた……。

◆◆第五章　アライの部屋

アライは焦っていた。ひまわり畑で働きながらも、星の国の救い主となる人をなかなか見つけることができないでいた。ひまわり畑での労働は、アライにとっては全然楽であった。しかしながら、自分に対する使命は、そこではなかった。あくまでも星の国の救い主となる人を見つけ出すこと、そしてその人によって、宇宙に平和がもたらされることを知っていたのである。龍の国にいて、アライは思っていた。

『龍の国と星の国は、宇宙の覇権を巡って争いをしているが、龍の国は比較的平和であり、基本、争いを好む人たちではないな』と……。

ある日、ひまわり畑で働きながら、何気なく、次の休みの日にアミが教えてくれた秘密の花園へ行ってみようと思った。

休みの日が来た。朝早く起きて、ひまわり畑の隅にある自分たち労働者のための小屋を出て、リュックサックにパンと干し肉を入れ、水筒も一緒にのせた。昼前には万幸脈から流れる川に着く。このサザール川の水はとても気持ち良い。水もおいしく、水筒にいっぱい水を入れる。食事を済ませると、体の上半身に水をかけ、太陽の暑さに備える。気持ちを引き締め、再び花園へと進む。太陽が西に傾き始めたころだったろうか、ユリの花がたくさん見えてきた。秘密の花園の入り口だ。アライは、入り口のところに着くと、さっそく、呪文を唱えた。

「わが血にて……えいあのかぎり……」

秘密の花園の扉は開き、光の間へとアライが入る。そこは、六次元の世界である。するとどうだ、光の間の後ろにぽっかりと入り口が開いた。しかし、アミの時とは違って、入り口は、青く輝いている。アライは、その部屋に入っていった。その部屋は、星雲の輝き、爆発、天の川の景色など、様々な星の美しさを表している。宇宙空間に投げ出されたような中で、アライに声がする。星神の一人からの声である。

「アライ、よくここまで来ました。私は、あなたがここに来ることをわかっていましたよ。あなたは、星の国を守る人を見つけようとしていますね。それでは、その人を見つけるのに役立つものをあなたにあげましょう。あなたの右手をごらんなさい」

「はい、私の右手ですね」

そう言うと、アライはびっくりした。自分の右手の薬指に、エメラルドのように緑色に光ったり、ラピスラズリのように青く光る指輪がはまっているではないか！　アライは、目を見張りながら、こう言った。

「星神様、この指輪はいったい何でしょうか？　私には理解できません」

そう言うと、星神は、アライに語りかけた。

「その指輪に反応する人が、星の国を守護する人です。しかし、普段は反応せず、特別な状況の時に、反応するのです」

「さぁ、行きなさい。アライ！」

そう言われると、アライは、強い衝撃を受けてその場に倒れた。


しばらくたっただろうか？　アライが気づいたのは、水の流れる音だった。サザール川から流れてくる万幸脈の泉のところだった。そこは、アミやマナと一緒に来て、「おいしい、おいしい」と言いながら、水を飲んだところだった。

アライは、体を起こしてみた。もうとっくに夕日が落ちて、月が白い光を放っていた。右手を見てみると、そこには、青く光る指輪がはまっていた。

◆◆

第六章　ヤンとロゼとキャスパ　酒場にて

「なぁ、ロゼ。最近、アミお嬢様が随分ときれいになったと思わないか？」

「うん、アミお嬢様か？　そうだな……。うーん、きれいになったと思うよ」

酒場で、ヤンとロゼが話をしている。

「なんだい、その言い方は。お前は、人のことについて、スットンキョウなんだよ」

「うん、そうかな……それより、ここのアクアポットでできたクラッシュボールがおいしいんだわ。ここの酒場のコビーが作ったやつが最高さ……」

「ありがとう、ロゼ。うちのクラッシュボールは最高ですよ」と、コビー。

「おやおや、何言ってるの。アミお嬢様のことかと思ったら、ロゼったら、自分の食べることばっかりだね」と、キャスパ。

「いやー、確かにきれいになったよ。アミお嬢様は」とヤン。

「でも、なんでそんなにきれいになったのかな？」とロゼ。

「あんたら、そんなこともわからないの？　私は同じ女だからわかるけど。アライが来てからさ。アミお嬢様は、アライのことが好きになっちまっているよ」と、キャスパ。

ジャズが流れるバーの中で、アクアポットの音がポーンとして、クラッシュボールが出てきた。マスターコビーは、新しいお皿にクラッシュボールを盛りながら、こう言った。

「街中で噂になっていますよ。アミお嬢様がきれいになったって。アミお嬢様を一目見たいと相談に来る男たちがたくさんいますから」

「うーん、そうなんだ。それで、最近、神殿のほうから男たちの声がよく聞こえてくるんだ」と、ヤン。

「我々は、ひまわり畑でずーっと、働いていますからね」とロゼ。

「でも、アミお嬢様がアライを好きになるなんて、ほとんどの人は知らないよ」と、キャスパ。

「マスターコピー。ここのクラッシュボールは、どうしてこんなにおいしいの？　色も七色になっているし……」とロゼ。

「それは、企業秘密です」とコピー。

「お前は、食べることばっかりだな、ロゼ？」とヤン。

こんな話をしながら、ひまわり畑で働く三人は、バーで時間を過ごしていた。

しばらくして、誰かが鼻歌を歌いながら、バーに向かってくる。

「おおっ、噂をすればなんとやら」と、ヤン。

「ありゃ、アライじゃないか？」と、ロゼ。

その場に、アライが現れ、帽子を取って軽く会釈をした。

「皆さん、こんにちは。今日はお酒が進んでいるようですね」とアライ。

「今しがた、あんたの噂をしていたところさ」とキャスパ。

「(笑)。そうですか。私も一杯いただいてよろしいでしょうか？」とアライ。

「アライさん。何を召し上がりになりますか？」とコピー。

「ウィスキーの水割りとクラッシュボール」とアライ。

「アライさんが飲みに来るなんて、珍しいですね。今日は、何かいいことでもあったんですか？」とキャスパ。

「いやー、そうなんです。今日は、皆さんにお伝えしたいことがあって……」

そう言いながら、ポケットの中から、一握りのものを取り出す。

「これを見てください」とアライ。

「えっ、ひまわりの種か？」とロゼ。

「新種のひまわりの種ができたんですよ。その種ができたのでここに持ってきたんですよ」とアライ。

「ふーん、その種ができて、何かいいことがあるのかい？」とヤン。

「あるんですよ。今、ひまわり畑には、十種類ほど咲いていますが、この新しい種ができたことで、一年中、ひまわりの花が咲くことになるんです。すごいと思いませんか？」

「それは素晴らしい。神殿に参拝に来る人たちが、一年中ひまわりの花を捧げることができるのですね！」とコビー。

「その新しい種のことは、アミお嬢様にも話したのかい、アライ？」とキャスパ。

「もちろんです。アミお嬢様は、特に喜んでいました」とアライ。

そうこうしながら、ひまわり畑の労働者たちは、談笑していた。

「あっ、私はまだすることがありますので、ひまわり畑に戻ります」とアライは、言ってからバーを出ていった。

と、ちょうどすれ違いに、二人の男たちがバーに入ってきた。どこから来たのか、わからないようないでたちをしている。カウンターとは離れたテーブルに席を取った。

「うん、あいつらどこから来たのか？」とヤン。

「龍の国の者たちじゃないな」とロゼ。

「どこから来たんだろうね？」とキャスパ。

実は、この二人、かに座大星雲のX星から来た者たちだった。

さて、彼らのいでたちと言えば、黒い外套をまとい、頭には、シルクハットをかぶり、目には、赤ふちの眼鏡をかけている。バーのマスターのコピーがテーブルに近づき、声をかけた。

「お客様、ご注文をどうぞ？」

「うん、注文か？　ウィスキーと、クラッシュナッツを」と、黒服の男。

「ウィスキーとクラッシュナッツのほうですね。クラッシュボールではなく」とコピー。

コピーはカウンターに戻ると、アクアポットの中に数種類のナッツを入れて、設定を変更し、タイマーをかけた。

その間、テーブルの男たちは、地図を広げながら、ああでもない、こうでもない、と言いあっている。キャスパは、横目でテーブルの男たちを見ながら、呟くようにこう言った。

「あの男たちは、何を探しているんだろうね。さっきから、地図ばかりを見ているよ」

そうこうするうちに、アクアポットがポーンと音を立て、クラッシュナッツが出てきた。

それを皿に盛りながら、コピーは、テーブルの男たちのところへ行く。

「クラッシュナッツです。すぐに、ウィスキーをお持ちしますので、少し、お待ちください」

コピーが、ウィスキーをテーブルに運んできた時のことであった。二人の男が、会話している。時々、耳に入ってくる言葉は、万幸脈のことや、アライの名前が挙がっていた。しかし、コピーは仕事柄、平静さを装って、二人の男にこういった。

「ウィスキーをどうぞ。氷も用意しましたので、ご自由にどうぞ……」

それを見ていたヤンとロゼは、普段見ない男たちが何を話しているのか気になりはしたが、話が聞こえてこないので、ちらっ、ちらっ、と、男たちのほうに目をやるのだった。

そうこうするうちに、二人の男は、地図を見ながらこう言った。

「ここだ！　この水脈をたどって、源流のところへ行けばいい！」と、一人の男。

「そうだ。この源流の流れを変えるといいぞ！」と、もう一人の男。

そう言うと、二人は急いで、マスターコピーに会計をし、そそくさとバーを出ていった。

ドアの音を、バタンとさせながら……。

彼らが出ていった後、キャスパが話を始めた。

「なんだい、あの男たちは。けたたましいね」

「何か不穏な感じがするよ。何もなければいいが……」とヤン。

「まぁ、いろんな人がいるからね。気にせず、酒を飲もうよ。マスター、アクアポットでまたクラッシュボールを作ってよ」とロゼ。

「お前は、いつも楽天的だな。お前のそうした軽さは、気が休まるってもんだぜ」とヤン。

「そうだね。仕切り直しで、もう一息、酒を飲みましょうか？」とキャスパ。

そうこうしているうちに、夜は、更けていくのだった。

◆◆

第七章　ひまわり畑にて

ひまわりの花は、太陽に合わせて向きを変える。朝は東、正午は真上、夕方は西の方向である。ひまわり畑は、常に太陽のある方向へ顔を向けている。同じように、この龍の国においても、王室は太陽のようであり、人民は、王室を慕って毎日の暮らしをしていた。特に、アミ王女は人々のあこがれであり、アミ王女を慕って、神殿に来ては、参拝をするのだった。その神殿には、ひまわりの花が所狭しと飾られている。かつては、年に一度だけ、ユリの花が飾られることがあった。それは、ひまわりの花がその時期だけ、花を咲かさなかったからだ。ただ、それも最近、解決されることになった。アライという青年が作り出した「ひまわりの新種」がユリの花の時期に花を咲かすことができるようになったからである。このことによって、一年中、ひまわりの花は、満開に花を咲かすことができるようになったのである。ひまわり畑の人たちは、せっせと今日も、花の手入れをしている。そんな中で、彼らの会話が聞こえてくる。

「おいおい、今日は忙しいぞ。神殿には花を千本あげないといけないからなー」とヤン。

「あー、アライが作った新種のせいで、一年中、俺ら、貧乏暇なし。仕事仕事だよー」とロゼ。

「本当だぜ。前はユリの花の時期は、俺たち、休みがとれたのになー」とヤン。

「まぁ、仕事があるからいいじゃないかい？　アミお嬢様は、交代で休みを取れるようにしてくれたからねぇー」とキャスパ。

「よっしゃ！　今日も頑張るかー」とヤン。

「頑張りましょ！」とロゼ。

「はいはい、今日は神殿に、千本のひまわりだよ」とキャスパ。

そんな会話を交わしながら、ひまわり畑の人たちは仕事をしている。

しばらくすると、遠くのほうから、誰かが猛烈な勢いで駆けてくる。

「誰だ！　遠くから駆けてくるのは？」とヤン。

「あっ、あれは、アライだよ。両肩にひまわりを担いでいるなー」とロゼ。

「すごいよ。刈り取ったひまわりの花を束ねてから、藁の箱に入れて持ってきているよ」とキャスパ。

「五十本ずつは持ってるねー。両肩で、百本にはなるよ」とヤン。

駆けていたアライは、ヤンたちのもとに来ると、走りを止め、彼らに話した。

「半分の五百本は、刈り取って藁の箱に詰めたので、取りに来てください。残りの五百本は、これから、刈り取ります。この百本は、神殿の裏口のほうへ持っていきます」

そう言って、足早にそこを立ち去った。その場所から神殿までは、五百メートルはあろうというものを……。

神殿の裏口のほうに来ると、水が流れているところに、ひまわりの束を置いた。切り口の部分を水の中に入れて、ひまわりが元気をなくすことがないようにするためである。その後、ヤンとロゼが、それぞれ五十本ずつ、束ねたひまわりを持ってきた。キャスパは、ひまわりの収穫をしているところで、さらに五百本を刈り取っていたのである。

「アライは、すごいな。俺たちは、五十本ずつ持ってくるのが精一杯だよ」とヤン。

「あぁ、そうだな。刈り取っている場所が、一キロも先のところだからな」とロゼ。

「まだまだこれからですよ。遠くのほうから収穫しないと、ひまわりがなえてしまいますよ」とアライ。

「さぁ、キャスパお姉様が収穫をしている場所へ、行くとするか？」とヤン。

はぁ、はぁ、言いながら歩を進めるヤンとロゼに対して、アライは、軽快にひまわり畑に戻っていった。キャスパが収穫してひまわりを束ねている場所に着くと、さっそく、他の三人も加わって、さらにひまわり畑の他の仕事人たちも加わったので、昼前には、仕事が終わってしまった。

そこに、アミが現れた。アミは、笑顔で仕事をする人たちに話しかけた。

「お疲れ様。皆さんのおかげで、ひまわりの花が無事に整ったわ。これから、午後の礼拝のために、祭壇に供えることができるわ。後は、神殿で仕える巫女たちの仕事だから、皆さんは休んでいいのよ。ありがとう」

「やった、今日はこれで終わりだ。バーにでも行って、飲もうぜ」とロゼ。

「あぁ、いいな。俺も一緒に付き合うよ」とヤン。

「あらあら、私は、まだ後片付けとかあるから、畑に残るわ」とキャスパ。

「僕も、道具の手入れとかあるので、畑に残ります」とアライ。

他の人たちも、バーに行く者がいたり、畑に残る者がいたりと、それぞれが自由にするのだった。

アミは、神殿に帰って、巫女たちに指示をして、祭壇を作ったり、周辺の飾りつけにと忙しかった。それは、翌日になされる「龍神と太陽の祭り」のためだった。それは、龍の国で毎月なされる龍神と太陽に感謝する祭りであった。龍の国全土は、十二の地域に分割され、それぞれの地域の代表者たちが、年に一度のその祭りに参加していた。それでも、毎回の祭りの出席者は、一万人ほどになった。明日の祭りは、ひまわりに代わってユリの花を使っていた部族のためであり、その地域の人たちは、自分たちの祭りがひまわりで参拝できることをワクワクしながら、待っているのであった。

◆◆ 第八章　龍神と太陽の祭り

神殿に集まった群衆は、龍神の歌を歌っている。龍神を讃え、龍神がこの国のために幸をもたらしていることに感謝を表す歌である。ここ、アミの神殿は、ずっと以前から存在しており、神殿の名前は、アミの神殿と呼ばれる。石造りの神殿であり、地球における古代ローマの神殿は、このアミの神殿を小さくしたものであると言われている。

「はしわたす、こいにこま……。はしわたす、こいにこま……」

神殿の中央にいるアミが祈りを捧げ、一度手を打ち鳴らし、天に向かってアミが語りかける。

「……いんがじっしょう……」

アミを中心として十二人の巫女たちは、天に向かって祈りを捧げる。

それまでの晴天とは裏腹に、雲が立ち込め、空全体が薄暗くなってきた。

アミと十二人の巫女たちは、この国の平和と安寧を求め、また、人々の幸せを願って祈り続ける。半時もしただろうか、天は雷鳴し、稲光がする。そして、天から一条の光が神殿の方向に差してくる。天には巨大な龍が現れ、雲の空を旋回し始める。龍の国の龍たちもそれに呼応して空に飛び立つ。幾千もの龍たちが天の巨大な龍から力を受けようと、光の差すほうへ飛び立っていく。神殿に集まっている群衆もその場に跪《ひざまず》いて、龍神の歌を歌い、祈りを捧げる。群衆は、約一万。これが、毎月なされる龍神の祭りだ。今回は特に、十一番目の部族が集まっているのである。

一時《いっとき》もしただろうか。天の雲が晴れてくる。今度は、太陽の祭りである。

「アマテラス……アマテラス……」アミが先頭になって、祈りを捧げる。十二人の巫女たちもそれに唱和して、祈りを捧げる。そののち群衆が、太陽の歌を歌い始める。一万もの群衆が、各人ひまわりの花を持ってきている。それを天にかざしたり、頭にのせたりして、踊っているのだ。真っ青な空から太陽が輝いている。龍の国の人たちは、太陽のおかげで、自然に作物が成長し、恵となる命の源となる食物を供給されていることに感謝を表すのである。小一時間も続いただろうか？　太陽の光は、神殿にその力を注ぎ始めた。

神殿に飾ってあった千本のひまわりが開き始めたではないか！　準備の段階では、ひまわりの花は、つぼみの状態であった。それらのひまわりの花が一斉に花を広げ、太陽の方角に顔を向けている。その命の喜びを力強く表現している。群衆は、その様子を目の当たりにして、大いなる歓声を上げ始めた。そして、太陽の歌を歌い始める……。

アミは、天に両手を広げ、感謝の表現を述べる。

「アマテラス……太陽よ……龍の国に大いなる幸を賜り……心より感謝す……龍神たちよ……この国を守り……心より感謝す……すべての魂は龍神と太陽に……心より感謝す……」

群衆は、アミに続いて、大いなる歓声を上げた……。

最後に、天が呼応し、地面を振動させて祭りが最高潮になる。

こうした祭りが、毎月なされているのである。ここは、龍の国である。

◆◆ 第九章　龍の国と星の国の戦闘

龍の国は、王族、武族、工人たちからなっているが、戦闘能力があるのは、武族である。

武族は、龍たちからなっているが、普段は、人間の姿をしており、戦闘の時になると、龍に変身するのである。その龍たちは、瞬間移動や、肉体を百倍くらいに大きくさせることができる。それらの龍の中には、地球をすっぽり覆うほどの大きなものもいる。金龍、銀龍、白龍、青龍、赤龍、黒龍、など、色によって、位や力、役割などが変わってくる。金龍や銀龍は、位が高く、武族を治める知恵者である。白龍は、龍としての経験が長く、青龍は若い龍を表している。赤龍や黒龍は、戦闘能力が高く、戦いの場でいつも先陣を切っている。龍の国における彼らの役割は、国の平和を守り、国に妨害をもたらす者たちと戦うことである。その龍たちだが、栄養源としての食物が、レアメタルである。成分がたくさん含まれている岩石や海底にあるレアメタルを求めて海に潜ったり、様々な星に行っては、そこのレアメタルを貪り食うのである。そう、龍は星を食べるのだ。当初、龍が星を食べることは問題にされることはなかった。しかし、龍の数が増え、宇宙のあちらこちらで星を食べるようになると、星の国の者たちが黙っていられなくなった。

「龍たちが、あちこちに出没しては、星を貪り食うのは、どうしたことか？」

「星の国は、宇宙の星々が無秩序な状態にならないように見守っているのに、龍の国はいったい何を考えているのか？」

「勝手に、龍たちが星を貪ることに我慢できない！」

こうした論議が、星の国の中で起きていたのである。

一方、龍の国においても、次のような論議が起こっていた。

「星の国の者たちは、身勝手だ。自分たちが宇宙の管理者だと思っている」

「我々龍たちは、昔から星を食べてきた。そうした時に、宇宙で起きているいざこざや問題を見つけては、その仲裁に入っていたのだ。我々がいなければ、宇宙の秩序は保てなかった。そのことを、星の国の者たちは、どう思っているのか？」

「星の国が、自分たちを宇宙の管理者だと思っているのは、おかしい！」

このように、星の国も龍の国も、お互いに譲ろうとはしない。自分たちこそ、宇宙の覇権を握っているのだと主張している。それゆえに、宇宙のあちらこちらで、紛争が起きていた。星人と龍が闘っていたのである。星人たちは、ＵＦＯに乗ってワープを繰り返しながら、遠距離を移動することができる。一方、龍は、自ら宇宙を飛翔することができる。

宇宙の各地で紛争が起きるのは、次のようなケースが多い。最初、龍が宇宙を飛翔して、これは、と思える星を見つけるとそこに立ち寄り、その星のレアメタルを食べる。宇宙を監視している星人たちは、星の光に何らかの変化を見つけると、その星へワープで飛行しながら、監視に行く。そこで龍が星を食べているところを発見すると、警告し、攻撃を加える。それに対して、龍も反撃を行う、というものだ。

当初は、星人が警告すれば、それに龍たちも従っていた。しかし、龍の数が増えるにつれて、龍たちも自分が見つけた星であれば、さっさと食べてしまうようになった。ゆえに、星人たちの警告を無視するようになったのである。それゆえに紛争がエスカレートするのであった。

◆◆ 第十章　アミとアライの運命

アライは、星の国の中心地である、かに座大星雲の出身である。アミは、龍の国にあって、龍に仕える立場にあり、特別な天命を受けていた。それは、まだこの宇宙に星座がなかった時代のころであり、星と龍は、互いに牽制し合う危うい関係の中にあった。宇宙の覇権をかけ、争う立場にあったのである。

アライの天命は、【星の宝】と言える人を見つけ出すことであり、世界を星の輝きで満たすことであった。それに対して、アミの天命は、【龍の宝】と言える人を見つけ出し、世界を龍の慈悲で満たすことであった。

それらの天命を受けながらも、二人は、互いの天命を知らないまま、出会ってしまったのである。

ある時、アミがアライに話しかけた。

「アライ、ひまわりの収穫は忙しいの？　今度の休みにあの不思議な花園へ行かない？」

「あぁ、お嬢様。やっと、この間の『龍神と太陽の祭り』が終わりましたから、次の休みは時間が取れますよ」

と、ひまわり畑の片づけをしながら言った。

「じゃあ、決まったわね。次の休みの朝から、マナと一緒に来るから待っててね」

アミは帰ろうとした時、思い出したように振り向いて、アライに話しかけた。

「アライ、お弁当は、私が作ってくるからいいわよ」

そういいながら、マナとひまわり畑を後にした。


コトコト、グツグツ。

「えー、珍しいのね、アミがご飯を作ることもあるのね」

「だって、休みの日ですから、お母様。お弁当くらいはできますよ」

「あらっ、お弁当なの？　召使いがいるのに、あなたが作るってどうしたことかしら？」

と、女王様。

「えへへ……」と、アミ。

『アミったら、恥ずかしがってる』と、マナがテレパシーを送る。

「全部聞こえてるよ。マナ。私だってテレパシーくらいわかるわ」と、女王様。

「すみません」とマナ。

しばらくして、

「お弁当、できたわよ。マナ」と、アミ。

「じゃ、出かけますか？」と、マナ。

「そうね。忘れ物しないようにしましょう」

二人は、それぞれ帽子をかぶって、リュックサックを担ぎ、お城を出かけた。ひまわり畑の働き人たちの小屋に来ると、アライが小屋の入り口の前に立っていた。アライが話しかけた。

「アミ様。おはようございます。体調はいかがですか？」

「アライ、大丈夫ですよ。サザール川の水源にだって行けるくらいよ」

「あらあら、お元気なことですね。じゃあ、さっそく、出かけましょうか？」と、アライ。

「じゃあ、私は、アミお嬢様の妹になりますね」とマナ。

そう言うと、マナは、龍の姿から人の姿へ変身した。

「あらっ？　マナなの？　可愛いわね」とアミ。

「恥ずかしいですよ。アミお嬢様」とマナ。

ハハハ……と笑いながら、アライが言った。

「さあー。これからアミ様の花園へ向けて出発だ」

三人は、朝日がすがすがしい中、意気揚々と出かけていった。ひまわり畑を過ぎると、草原が続く。小動物たちがじゃれあったり、花が咲いているところには、美しい蝶たちが舞っている。自然の中に食べるのによい実があちらこちらになっている。ここは、龍の国。

アミの花園に行く途中で、アライが鼻歌を歌い出した。それに合わせてアミも一緒に歌うのであった。二人が歌っているのを見てマナが言った。

「アミ様、アライさん。仲がいいですね」

えっ、とした顔をして、アライは、アハハと笑った。アミも一緒ににっこりして、歌を続けた。そうこうしているうちに、サザール川に着いた。以前にも来たところだ。そこで、三人は、休憩することにした。

「うーん、水がおいしいね。ここの水は最高です」とアライ。

「本当にそうね。ここの水って、命が生き返ったような感じよ」とアミ。

「おいしい、おいしい。この水を水筒に入れて持っていきます」とマナ。

三人は、そこで少し、休憩を取ってから、再び出かけた。しばらくして、

「あっ、見えてきたぞ。白ユリの群生だ」とアライ。

「じゃあ、言葉を唱えましょう」とアミが語り、アミとアライが一緒に呪文を唱えた。

「わが血にて……えいあのかぎり……」

すると、花園の扉が開いた。

アミがマナに語った。

「マナも一緒に行くよ！」

三人は、花園の中へ入っていった。

第一の部屋に入った三人は、六次元のたくさんの花が咲いている中で、踊ったり、歌ったりしていた。以前来た時と同じように、三人がはしゃいだりしていると、天空全体に影が現れ、大きな龍が出現した。

「あっ、天龍様だわ」とアミが声をあげる。

すると、天龍は、空いっぱいに輪を描きながら、三人に声をかけた。

「恵まれたる者たちよ。三人のうち二人、アミとアライは、第四の部屋に入るように。私の子どもであるマナは、この場に残りなさい」

そう言うと、光の間の後ろの紫色に輝く壁が開き、入れるようになった。

アミとアライは、その中に入って行った。


第四の部屋は最初、そこに入った時は、霧がかかっていて見えなかった。しばらく行くと、霧が晴れてきた。するとそこは、広く続く一面のお花畑だった。美しい花々でそのお花畑は限りなく遠くまで続いていた。空の青さや、空気のさわやかさに惹かれて、アミとアライは、歩き始めた。しばらく行ったところで、小さな小屋が見えてきた。その小屋のすぐ近くに小川が流れていて、水車が回っていた。コトン、コトンと音を立てている。アミとアライは、誰かいるのだろうか?と、思いながら、小さな小屋に近づいていくと、その小屋の中で、白髪のおばあさんが臼を挽いていた。扉が開いていたので、アミはそのおばあさんに話しかけた。

「おばあさん、何をしているのですか?」

「あぁ、アミかい? あなたがここに来ることは、天龍様から聞いていたよ。今、近くになっている実を挽いているところさ。この挽いた粉を丸めてクラッシュボールを作るのさ」と、おばあさん。

「えっ、私たちがここに来ることは、天龍様から聞いていたの? それで、天龍様は、私たちにどうするように言ったの?」と、アミ。

「そうさな、天龍様は、ここから遠く離れた大木のもとへ行くようにと、アミとアライに告げるように言われたな。まだまだ距離があるから、このクラッシュボールを食べていきなさい」

おばあさんはそう言って、手作りのクラッシュボールをアミとアライに差し出した。

「ありがとう、おばあさん。これは大切にいただきます」アライが返事をした。

アミとアライは、おいしそうにおばあさんが作ったクラッシュボールをいただいた。

アミは、こう言った。

「おばあさん、大きな木は、ここからどれほど遠くにあるのですか?」

「歩いていけば、一年はかかる距離じゃ。しかし、瞬間移動すれば、そんなにはかからないな」と、おばあさん。

「えっ、そんなに遠いのですか?」と、アミ。

「じゃあ、一緒に瞬間移動しましょう」とアライ。

「思いの中に、その大木をイメージして」とアミ。

「手と手を握って、瞬間移動しますよ」とアライ。

しかし、一回では、その大木に行きつくことはできなかった。もう一回、もう一回と、瞬間移動を繰り返して、七回行った時に、その大木のところに出た。その大木は、不思議な木であった。その木は、姿は滝のように枝が垂れており、葉はどこか榊に似ている。花は、ひまわりの花のようであり、またゆずりはの花のようでもある。また、時に滴る蜜に濡れた妖艶な花のようにも見える。アミとアライがその大木の前に来た時、太陽の光の中で、黄金の木にも見えた。

その木に登って、アミは大はしゃぎだった。アライも大きな枝を使って、滑り台のようにして滑ったり、巨大な幹の周りを何度も走り回ったりしていた。しばらくして、二人が、大木の表と裏のそれぞれ反対側にいた時である。皮肉にもアライの持つ指輪は、龍に仕えるアミを【星の宝】として選び、美しく輝いているのである。同様に、アミの持つ指輪は、星に仕えるアライを【龍の宝】として選び神々しく輝いているのだ。

それから二人は、この事実を告げるべきか煩悶し続けた。運命は時間とともに二つの心を通わせ、愛を生み、なればこそ互いに真実を告げることはためらわれた。真実を告げれば、二人の時間が終わってしまうことを、知っていたからである。【星の宝】、【龍の宝】になれば、普通の幸せは望めないと知っていたからである。

そう、それまでの運命は二人を結びつけ、使命は二人の心を引き裂いたのである。少しでも、あるいはそれが僅か秒に足るものでないとしても、「どうかこの時間が刹那でも永く続きますように」と、二人はそれぞれ願ったのである。当たり前の生活を望めないことを知った二人が願い続けたのは、ありきたりで、とりとめもない、互いに喜び、泣き、笑い、時には怒り、ただただ続いてゆく日常だった。

そうしている間にも星と龍の戦火は広がり続けていたことも、二人は知っていた。

二人はそれぞれ、覚悟を決める。数多の命と己の幸せ。もはや天秤にかけることすら叶わないこの運命に、余りある幸せへの感謝とともに、愛おしいこの日常を終わらせるべく心を決めたのである。

優しすぎた二人には、そうすることしかできなかった。自分はどうなっても、せめて「宝」となるこの人だけは生き延びてほしい。叶うことなら、自分のことなど忘れ、これからの世界で「星の国の特命を受けた者として」「龍の国の特命を受けた者として」幸せを見つけてください、と。だが運命はあまりに皮肉。この時、二人はさらに知ることになる。

「アライ、どうか何も言わず、私の愛の証と想い、これを受け取ってください」とアミ。

「私も、アミに贈りたいものがあります」とアライ。

大木に見守られるその場所で、互いに差し出したその手には、互いが仇敵であり、自らが仇敵の宝であることを示す【月の指輪】と【陽の指輪】が小さくきらめいていたのだった。それは、今まで信じてきたものが崩れ落ちた瞬間でもあった。

愛する人が、仇敵であった事実。今まで過ごしてきた日々が、嘘偽りのように思え、互いを信じることさえ失われたように思えた。

「アライ、あなたが、【龍の宝】なの？」

「アミ、君が、【星の宝】？　なんてことだ」

アミは、両手で顔を覆い、泣き崩れてしまった。アライも、天に顔を向け、右手で顔を覆う。

しかし、裏切られたとさえ思える心の傷の深さは、そのまま愛の深さでもあった。

二人はしゃがんで、しばらく黙り込み、考えた結果、もう一度寄り添い、愛に生きる道を選んだのである。それは天命を覆す決意だった。

「アミ、私はあなたを愛している。あなたがどうであってもあなたを愛する」とアライ。

「アライ、私も同じです。あなたが行くところ、それが私の行くところです」とアミ。

二人は、考えた。

『世界の喜びのために天命があるならば、星も龍も互いに手を取り、世界に尽くすことは叶わないのか』と……。

『歴史はのちに、その時の二人の決意が、神々の有り様《よう》を変えることになった』と、言われている。

かくして二人は、愛を信じ、共に過ごした日々こそを信じ、形なき本当の絆を信じ、保証なき未来であろうと、共に歩む道を選んだのだった。

二人は強く抱き合い、キスをして、一緒に生きていく決意をした。

やがて二人の有り様は、争うばかりの神々と人々の考え方を変えていった。いがみ合うのではなく手を取り合い、憎しみあうのではなく助け合い、立場や種を超えて慈しみ合う心を、二人の生き方が育んだのだ。星と龍はこれまでの非礼を詫び、重ねた時間ともたらした結果に対する贖罪に代え、互いの間に消えぬ縁を結んだと言われている。これが一説に聞く、星座の起源の一つ。星と星とを龍の脈が繋ぎ、憎しみやわだかまりを超え、互いを許し合い、尊びあう善意により結びつくことで天には星座が生まれたのだそうである。

しかし、そうなるためには、まだまだ、時間が必要であった。

二人は、長い時間をかけて、どうすれば星の国と龍の国が平和になり、人々が互いを信じ合い、仲良く暮らしていけるか？ということを話し合っていった。……時がたつのを忘れて、互いに対する愛を深めながら……大木の下で……。

◆◆ 第十一章　変わり果てたひまわり畑

サクッ、サクッ、サクッ……枯葉の落ちる中、誰かが歩を進める。うつむき加減にして歩いている。心の中で、こう言いながら……。

「天龍様は、第一の部屋で一週間待つように言われたわ。そして、一週間がたち、再び現れて、一度、王室に戻るように言われたわ。そして、一週間に一度、アミ様の花園へ行って、見るようにと言われたわ。今日で、満一年になる。……どうしているのかしら……アミ様。アライ様……」

マナの声である。

「アミ様がいなくなってから、神殿に相談に来る人がめっきり減ってしまったわ。あれから一年して、めったに起きたことがない日照りが続いて、ひまわりが枯れてしまったわ。アミ様が帰って来れば、きっと、良くなるに違いない。私は、アミ様を信じている……」

サクッ、サクッ、サクッ、サクッ……。マナは、花園に向けて歩を進める。乾いてしまったサザール川の川底を通って、以前は常に美しく咲いていたユリの群生があったところへ来た。

「あれから今日で、ちょうど一年になるわ。アミ様に会いたい」

マナも、アミと同じように、「わが血にて……えいあのかぎり……」と唱えて……。

秘密の部屋へ入ろうとした時だった。

部屋の中から……、「誰かいるのですか？」と、声がする。

「えっ、あれは、アライ様の声だわ！」とマナ。

「アミ様」とマナ。

「そこにいるのはマナなの？」とアミ。

秘密の部屋から出てきたのは、アミとアライだった。二人は、時間を超越した異次元空間の中にいたために、自分たちがどれくらいの時間を過ごしたのか、全く理解していなかった。第四の部屋には、一週間ほど滞在した感覚であった。

「マナ、ごめんね。一週間も部屋の中にいて……」とアミ。

「えっ！　アミ様。アミ様は、一年間も部屋の中にいたんですよ……」とマナが絶句する。

「どうして、ここのユリの花が枯れているのか？　私たちが来た時は、美しく群生していたではないか？」と、アライ。

「マナ、私たち、結婚したのよ」

「ご結婚、おめでとうございます。アミ様、アライ様。でも後ほどもっと、お見せしなければならないことがあります。神殿のほうへ戻ります」とマナ。

三人は、乾いてしまったサザール川の川底を通って、荒廃した土地を戻っていく。マナは、下を向きながら……。一言も話をしない。アミとアライは、驚いた顔をしながら、あたりを見回しつつ、言葉少なにこういった。

「信じられない。いったいどうしたというのか？」とアライ。

「どうして土地がこんなになったの……」とアミ。

歩を進めながら、ひまわり畑にたどり着いた。周り一帯を見渡してみてもひまわりがない。一面、日照りのために、ひまわりが咲いていないのである。遠くから、何人かの人が荒布をかぶって、嘆きながらやってくる。その中にヤンとロゼとキャスパがいる。

「アミ様、アミ様……」とヤン。

「いったい、どうしたというのです。このありさまは……」とアミ。

「一年前から日照りが続きまして、第十一の月のころから、ひまわりが完全に枯れてしまいました。私たちが、どうにか苦労して水を与えていたのですが……」とロゼ。

「まことに申し訳ありません。アミ様」とキャスパ。

アミは、周りを見渡しながら、ひまわり畑の中央へと歩いていく。なぜか足がふらふらしている。ひまわり畑の中央に来た時、天を見上げながら、両手で顔を覆い、「どうしてなの、どうして枯れてしまったの……。神様……」

そう絶句して、うずくまってしまった。

一緒にいた他の労働者たちも、嘆き悲しんでは、アミに頭を下げるのであった。

「神殿のほうはどうなっていますか？」とアライ。

「はい、神殿にご案内いたします」とヤン。

みんなは、足早に神殿のほうへ向かって歩を進めた。

神殿に来ると、人がいない……。あれだけにぎやかだった神殿が、人っ子一人いないのである。荒涼とした廃墟のようになっている。

アミたちに気づいた巫女たちが神殿のほうに近づいて来た。

「アミ様。お会いできてうれしく思います。見ての通り、神殿は廃墟になってしまいました。神殿を飾るひまわりもありません」と巫女の一人。

「アミ様。アミ様。アミ様がいなくなってから、だんだんとご相談に来る人がいなくなって、今は、誰も神様に祈りを捧げません」と泣きながら別の巫女が語る。

他の巫女たちも異口同音に、泣きながら、窮状を訴える。

黙ったままアミとアライは、巫女たちの話にうなずくばかりである……。

アミは、平静を装ってはいたが、心の中はまっ白になっていた。

アミがアライに語る。

「アライ、どうしたらよいでしょうか」

「そうですね。最初に、ひまわり畑がどうして干上がってしまったのか、その原因を探りましょう。それには、ヤンとロゼを私に協力させてください。それから、アミは、神殿での毎日のご相談と、神様への祈願を再開してください。十二人の巫女たちと共に……」

「そうですね。アライの言う通りにしましょう」

続いて、アライが語る。

「原因がわかったなら、アミは、王様に報告してください。私は、星の国に戻って、龍の国と和解するように働きかけます。アミも王様に報告する時は、星の国と和解するように話してください。きっとですよ」

周りにいた者たちが、ざわつき始めた。

『アライは、星の国の者か？』

『星の国と龍の国の和解？』

『いったいどういうことだ』

ザワザワザワ……。

十二人の巫女たちや、ひまわり畑の労働者たちのざわつきの中で、神殿の高いところから、アミがアライを横にして話し始めた。

「皆さん兄弟姉妹たち、聞いてください。私とアライとマナは、サザール川の流れる川の向こうにある特別な部屋に招き入れられました。そこには、龍神様がおられ、その方の指示でさらに奥の部屋へと、私とアライの二人だけが招き入れられました。その中で何度もワープを繰り返して、たどり着いたのが、巨大な大木でした。そこで初めて知ったのです。私の右手にある指輪は、アライを指し示しました。アライは、龍の国の宝と言える人です。一方、アライの右手にある指輪は、私を指し示したのです。私は、星の国の宝と言える人です。私たち二人は、そのことで驚き、随分と落胆してしまいました。しかしながら、二人でよく考え、互いを愛する道を選んだのです。互いの愛を信じ、共に過ごした日々こそを信じ、形なき本当の絆を信じ、保証なき未来であろうとも共に歩む道を選んだのです。このことで、天の神々が私たちを処罰するのであれば処刑してください。皆さんが、私たち二人を追放するのであれば、私たちは荒野へでも出ていきます」

アライも語った。

「皆さん、同胞たち。私は、星の国の者です。皆さんの敵対する国の者です。しかし、アミが語った大木のもとで、私たちは、結婚の契りを交わしました。龍の国と星の国が一つに結ばれたのです。あなた方が私を処刑するなら、アミも私を追って死ぬでしょう。どうか、皆さん、龍の国と星の国が互いに仲良くなる道を探し求めませんか？」

黙って聞いていた人たちの中から、徐々に拍手が起き始めた。一人、二人、五人、……そして、全員が拍手をして、アミとアライの結婚を祝福していった。

アミとアライの結婚は、一見すると素晴らしいものだった。しかし、大きな変化が生じていた。変わり果てたひまわりの畑を見た時に、アミの心の中で大きな衝撃が走っていた。

「今まで心のよりどころとしていたひまわり畑が、あんなに美しかったひまわりの花がなくなるなんて」、アミの心がそう呟いていた。

◆◆第十二章　覇権を巡る戦い

「右舷三十六度、下舷五度、敵発見。かに座五十五番星α星のレアメタルを貪り搾取中」

と、パイロット。

「敵の行動を監視せよ」と空母管制塔から。

「管制士官、このままでは、星が消滅します」と、パイロット。

「よし、攻撃せよ」と管制官から。

星人が乗った戦闘機は、宇宙空間から超高速ミサイルを発射する。それを察知した巨大龍は、全身から光を出し、バリアを張る。古代天龍が攻撃を受けている。天龍は、上空へ移動し、攻撃態勢を構える。その星の大気圏外に飛び出した天龍は、戦闘機に向かって、口から放射能火炎ビームを送り出す。戦闘機は、瞬間移動し、火炎ビームをよける。

「龍神よ。あなたに警告する。この星は、かに座大星雲の領域である。この場所においては、星を貪り食うことは、誰とて許されない。ここは、星の国の領域である」と、空母管制塔より龍に向かって警告がなされる。

「いつから、そんな掟ができたのだ。我々、龍たちは、昔からどこでも星を食べてきた。今になって、星人たちがそのように言うのは、おかしな話だ」と、天龍。

「我々は、宇宙を治める知恵や知識に満ちている。宇宙が平和であり、争いがないことを望んでいるのだ。龍たちが自分勝手に星を貪ることは許されない。直ちにこの場所を離れ、許された場所でレアメタルを食べるように……さもなくば、攻撃する」

そう言ったと同時に、龍のほうから攻撃があった。それに対し、星人たちは、戦闘機の数を増やし、軍団となって天龍に対抗する。戦闘機は、十機、二十機と増え、軍団となって波状攻撃を開始する。危険を察知した天龍は、仲間に対してテレパシーで、助けを求める。比較的近くにいた黄金九頭龍が超高速で天龍のところにやってくる。九つの頭を持つ龍である。九つの口から放射能火炎ビームを出す。いくつかの星人の戦闘機が破壊される。それに対し、星人の空母から、巨大エネルギー超高速ビームが発射される。黄金九頭龍の一つの頭に命中する。それを見た天龍は、星人の空母の真上に瞬間移動する。そして、次のように警告する。

「星人よ。私はあなたの真上にいる。ここからなら、空母を直撃することができるぞ。我々がレアメタルを食べることを問題にするな。さもなくば、攻撃する」

そう言うと、天龍は放射能火炎ビームを送り出す。星人の空母は、瞬時にバリアを張って、攻撃を逃れる。さらに、ワープを行って、その場から姿を消していく。

こうした光景が、宇宙の様々な場所で繰り広げられていたのである。宇宙を治めるのは、星人たちがふさわしいのか、龍たちがふさわしいのかという問題になっていた。星の国と龍の国の間では、宇宙の覇権を争う戦いを行っていたのである。

一方、アライは、星の国に戻って、王様に会見を申し出た。龍の国の報告をするということで許可を得たアライは、王様の前に出て話をすることになった。

「王様、そして大臣の皆様、そしてすべての人々。お聞きください。私アライは、龍の国で三年間暮らしました。最初、王様からの使命を忘れずに、龍の国の王室の様子、民の様子を観察しておりました。疑いを持って接していたのですが、アミ王女に接するにつれて、私はアミ王女の人柄を知りました。平和を愛する方で、みんなが幸せになることだけを考えているのを見て、心が和やかになっていきました。今までに、アミ王女が星の国のことを悪く言ったことはありません。むしろ、星の国の人たちも親切で優しいのだと、民に対しては話しておられました。ある時、アミ王女と私は、六次元世界の花園に行く機会がありました。その奥には、広大な花園が広がり、さらにその奥でワープを繰り返して、大木のもとに行きました。その大木にいた時に、私がしていた指輪が反応して輝き始めました。なんと【星の宝】となる人は、アミ王女だったのです」

その場にいた人々がざわめく……。アライは、周囲を見渡して、両手で静粛になるよう促しながら、言葉を続ける。

「さらに、驚くべきことに、アミ王女がしていた指輪も反応をして輝き、私アライが【龍の宝】であることがわかったのです」

さらに、その場にいた人々がざわめき、ひそひそ話をする者もいた。続けて、アライが話をする。

「私たち二人は、しばらくは嘆き、沈黙の時間があり、やっとのことで互いに話し始めました。そして、二人で決断したことがあります。私たちは、考えました。『世界の喜びのために天命があるならば、星も龍も互いに手を取り、この世界に尽くすことは叶わないのか』と……。王様、どうか、お考えください。この宇宙を、戦いの場にしてはいけません。『星の国』と『龍の国』が、互いに手と手を取り合って生きていくのです。王様、どうか、お考えください」

王様は、アライをまじまじと見ながら言った。

「アライよ。あなたがそう言うのは、それなりの理由があるからだろう。その理由とは何か？　答えてみなさい」

それに対して、アライが答えた。

「はい、王様。私とアミ王女は、その時から、結婚いたしました」

その場にいた者たちが、どよめいた。……さらにアライが続ける。

「アミ王女は、『龍の国』の王様を説得しております。私たちがこうしている間も、彼女は、一生懸命、『星の国』と『龍の国』の和解と平和のために訴えているのです」

その場にいた者たちがざわめいたりする中、王様が静粛にするように合図を送る。そして、次のように語った。

「アライ、よくぞ報告してくれた。感謝するぞ。この件については、銀河評議会に諮って、会議を開いてもらうようにしよう。その場には、『星の国』の代表として、私とアライが出席する。そして、『龍の国』の代表として、龍の国の王様とアミ王女が出席するよう伝えるように……」

このようにして、宇宙の覇権を巡る戦争が繰り広げられた時代に、銀河評議会が開かれることとなった。

◆◆第十三章　銀河評議会

広大な銀河系宇宙は、十万光年の広がりがあると言われている。それぞれの星の代表者を呼ぶだけでも大変な仕事となる。それぞれの地域の代表者の数は、四十八名。評議会は、様々な案件について話し合う。しかし、今回は、『星の国』と『龍の国』が共に提出していた案件が最も重要なものとなった。それは、銀河宇宙をまとめるのにどちらの国が優れているのか?ということだった。その会議の様子を垣間見てみよう。

司会:「星の国と、龍の国について、皆さんがどのように感じているか、自由に発言願います」

A:「そもそも、銀河系宇宙において、どの国が支配するか?という話はナンセンスだよ」

B:「これだけ広大な宇宙の中で、それぞれの国がうまくやっていけばよいのではないか?」

C:「確かに、星の国は、知恵や知識において、我々よりはるか先である。それによって、銀河宇宙内の文明発展に寄与している」

D:「龍の国もそうだよ。龍は、人々の間に現れると、幸せの印だと言われている。龍の慈悲によって、多くの者たちは救われてきた」

E:「星の国と、龍の国が力を持っているのはわかる。しかし、我々すべてが、どの国の支配下になるという考えはどんなものか?」

A:「支配を受けて、喜ぶ者たちがいるのだろうか?」

B：「支配という言葉は、家畜か何かにされるようで、少しも面白くない」

そうだ、そうだ、と、多くの者たちが騒ぎ始めた。

司会：「皆さん、ご静粛に願います。私たちは誰も、支配を受けたいとは思っていません。しかしながら、星の国と龍の国からの恩恵は受けています。では、今度は、星の国、龍の国の代表者からそれぞれ発言していただきましょう」

司会者に言われて、星の国の代表として、アライが立ち上がった。そして、次のように発言した。

「皆さん、兄弟たち。私ども、星の国の者たちは、この銀河宇宙において、それぞれの地域が平和になるように取りなしてきました。龍の国とも最初は、問題がありませんでした。しかしながら、龍たちは、星を食べ尽くすようになったのです。その脅威に関して、警告し、戦いにまで発展したのです。でも我々は、戦いを望んでいるのではありません」

一方、龍の国の代表として、アミが発言を始めた。

「皆さん、私は、龍の国の王女です。ここにいるのは、私の父の王です。星の国は、科学が進み、知恵や知識があることを認めます。私ども龍の国は、星の国よりもずっと昔からあります。銀河宇宙の様々な場所に現れては、人々の声に耳を傾け、愛情深く、人々を助けてきました。ただ、龍たちがレアメタルを食べるために、星が変形したり、なくなったりすることも生じたのは事実です。それが理由で、星の国と戦いになっています。しかし、私ども龍の国は、戦いを望んでいるのではありません」

A：「では、いったいどうしたものだろうか」

C：「星の国も龍の国もそれぞれ、この銀河において貢献している。うーん」

E：「何か、いい考えはないものだろうか？」

そこで、アライが再び立ち上がって、話をした。

「私ども星の国は、龍の国に対して、あやまらなければならないことがあります。それは、我々の星団のある者たちが、アミ王女の近くを流れるサザール川の源を枯らしてしまい、その流れを変えたために、ひでりが起き、ひまわりの畑を枯れさせてしまったのです。そうしたことがあって、龍の国が混乱してしまったことをここに詫びます。しかし、多くの者たちは、平和を望んでおり、戦いはしたくないと思っています」

それに対し、龍の国の王様が話し出した。

「そうであったか。よく言ってくれた、アライよ。これでサザール川の件は、納得できた。しかしながら、私の国でも龍たちが迷惑をかけていることも事実だ。この件は、きちんとしなくてはならない」

話の状況を静かに聞いていた星の国の王様が、話を始めた。

「星の国においても戦いはよくないと思っている。いつまでもこうした状況が続くことは本意ではない」

司会：「皆さん、今、星の国の王様と、龍の国の王様が、それぞれ、戦いはやめさせなければならないとの認識で一致しました。それでよろしいですか？」

評議会の皆が立ち上がって、徐々に拍手をし始めた。そして、口々に、戦いをやめよう！という言葉を出すようになっていった。

司会：「では、どうすれば、戦いをやめさせ、銀河の平和を促進することができるでしょうか？　皆さんの意見をお願いします」

C：「星の国の知恵や知識は、生かしていきたい」

D：「龍たちの慈悲も生かしたいものだ」

いろいろな意見が出てきた。

そこで、年長者であるプレアデス星団の長老が語った。

「まず、最初にすることは、この銀河系宇宙に平和がよみがえったことを宣言すること。そして、星の国と龍の国は、互いが役割分担をして、銀河系宇宙に貢献していくことを宣言すること。具体的には、この宇宙がしっかりと結ばれるために、四十八の地域で絆を強めること。そのために、龍たちは、星と星との繋ぎを創っていくこと。それが、星座となっていくのじゃ。また、星の国は、それぞれの星座がしっかりと保てるように、星全体にバリアを張るのじゃ。それと、龍たちが星を食べることについていえば、銀河の領域の中でこれから開拓していかなければならない領域がある。それらの場所で星を貪ることを許そう。それでよいな」

四十八人の代表者たちは、全員一致して、その長老の決定に賛同した。

アミとアライは、みんなの前に進み出てこう言った。

「皆さん、聞いてください。私たち二人は、結婚しています。なぜかと言えば、それは、私たちの指輪がそれを示していたからです」と、アミ。

「皆さん、兄弟たち。聞いてください。アミがしている指輪は、私を【龍の宝】と指示し、私がしている指輪はアミを【星の宝】と指示したからです。私たちは、最初、悩みました。しかしながら、『世界の喜びのために天命があるならば、星も龍も互いに手を取り、世界に尽くすことは叶わないのか』と、考えるようになりました。私たちは、命を懸けて、この場に来ました。もし、話が決裂するならば、自害することもかまいません」とアライ。

司会者や他の者たちが、アミとアライに近づき、一人ずつ祝福していったのである。

しかしながらアライは、ある異変に気づいていた。変わり果てたひまわり畑を見てから、アミの目が時々、うつろになっていたことを。アミは気丈な性格なので表面ではわからなかったが、銀河評議会の時も時々目を伏せて、茫然としている様子をアライはしっかりと見ていた。何かが進行している。

◆第十四章　復活

真っ先に飛び込んできたのは、枯れ果てたひまわり畑の中で、指切りを交わすアミとアライの姿。

「また、ここをひまわりでいっぱいにしようね。今は、何もないけれど、少し時間がかかるかもしれないけど……」とアライ。

「アライたちは、生きているのだから。一緒に変えていけるのだから……」とアミ。

アミはこの時までに自分の身に起きた大きな衝撃によって、記憶喪失となっていた。これは、アミの精一杯の言葉なのである。アミとアライは何も大それた考えを抱いていなかった。『世界を救ってみせる』とか、『そのための自己犠牲』だとか……。ただただ、あの一面のひまわりが咲き誇っていた景色を取り戻したくて、無我夢中だったのである。そして、大切な人々の笑顔や、笑って過ごせる穏やかな日々を取り戻したくて必死だった。

記憶がないというだけで、アミは心細かった。神や万幸脈の話さえ、雲をつかむようなものだった。それでも、神殿の巫女として神様に祈り続け、龍の国が元通りの平和で安定した状態になるよう祈り続けた。アライはアライで、庭師としてヤンとロゼ、キャスパや同僚たちと共に、ひまわりの畑の復活のために、一生懸命だった。

やがて一年が過ぎ、庭師のアライが土地を整備し、アミが神々や龍神に働きかけて、コツコツと土地を癒し続けた結果、以前以上に豊かになり、ひまわりが一面に咲いた。

「約束だよ。約束をやっと果たせた。ほら、まるで一面に太陽を敷き詰めたみたいだ」とアライが目を輝かせて、ひまわりの花束をアミに差し出すと、

「その前の約束も……だよ。私の笑顔を守るって言ってくれたこと。ありがとう」

アミは、以前の記憶を徐々に思い出していったのである。

「みんながほめてくれる自分を、なんだか自分だとは思えなくて。それで、必死でそれに追いつこうとして、頑張って笑って……。そのうちわからなくなっちゃった。笑顔って、幸せって、自分って何だっけって。私、ちゃんと笑えてる？」

そう言ってうつむくアミにアライが差し出したのは、咲いたばかりのひまわり一輪。朝日のように鮮やかなひまわり。それを見て、微笑んだアミに、

「うん、笑えてる。もしアミがわからなくなったとしても、アライはちゃんと知っていますよ。ありのままのアミの微笑みがどんなに優しいものであるかを」とアライが答える。泣き笑いのようになりながらも何度も何度もうなずいていたアミの気持ちをアライは、しっかりと受け止めていった。

◆第十五章　再び酒場にて

「いやー、大変だったなー」

「ひまわりの畑を元に戻すには……。一年かかったよ」とヤンとロゼ。

「ひまわりの畑が、枯れてしまったのをアミお嬢様が見た時、狂ったようになってしまって、記憶が飛んでしまうなんて、想像もつかなかった……」とキャスパ。

「あれから、アライ様がいつもアミ様のそばにいて、温かく励ましてくださったおかげで、随分、元のアミ様に戻ってきたよ」とヤン。

「本当でございますね。アミ王女は、龍の国を代表して、力を振り絞って、銀河評議会で発言をされ、銀河系宇宙の平和に貢献されましたよね。頭が下がりますよ。しかし、戻ってきて、ひまわり畑の枯れた状態を見た時に、どっと疲れが来たのでしょう。あんなになられて……」とコビー。

「もう、わたしゃ、アミ様を見て、泣いてしまったよ」とキャスパ。

「でもアライ様がいてよかったですね」とコビー。

酒場では、こうした会話がなされている。龍の国と星の国は、平和な関係に戻ったのである。銀河の四十八の地域では、星と星の繋がりを強めるために、星座が作られるようになって、星人の中には、巨人もいて、星が宇宙を漂わないようにするために、結界を張ったり、星の安定に寄与する者もいる。龍神の中には、星と星との結びつきを作り、ひと塊として、星座が安定するようにしたのだ。点と点を結びつける役割を果たしたのが龍神たちである。

「龍神の働きはすごいよね。星と星との結びつきを作ることによって、今まで宇宙の中で混とんとしていた状況をまとめ上げたね」とキャスパ。

「ホントそうだ。龍の国と星の国がこんなに緊密になるなんてね」とヤン。

「そんでもって、うちらはこんなところで、クラッシュボールを食べながら、ウィスキーを飲めるんだからね」とロゼ。

「この店も繁盛させていただき、ありがとうございます」とコビー。

「あぁー。そういえば、銀河評議会の時にアライ様が話していたように、サザール川の源流から流れを変え、枯渇させた奴らのことだけど、あいつら、まだ、つかまってないらしいな?」と、ヤン。

「ホントなの？　以前、怪しい奴が、この酒場にも来てたよね」とキャスパ。

「かに座大星雲のX星から来た者たちのことか?」とロゼ。

「星の国と龍の国が平和になり、仲良くなっていくことに、快く思わない者たちがいるんですよ」とコビー。

「そうすると、アライ様も用心しないといけないね」とキャスパ。

こうした話が進んでいく中で、誰かが、コビーのバーへ走り込んできた。クリスである。クリスは、アライたちと共にひまわりの畑で世話をする同労者である。無口であるが、しっかり仕事をする。その彼が、慌てふためいて走ってきたのである。コビーのバーに入って来て、「ハーハーハーハー」と、肩で息をしている。

「いったい、どうしたの？」とキャスパ。

「ハーハーハー。X星の奴らが現れて、アライをサザール川のほうへ連れていった。皇帝と名乗るリッテンハイムという奴もいた」

「大変なこった」とヤンは席を立ちあがって言う。

「何か、不穏な感じがするわね」とキャスパ。

「俺たちもサザール川のほうへ行こう」とロゼ。

「その前に、アミ様たちに知らせなきゃ」とキャスパ。

コビーのバーにいた者たちは、ハチの巣を突いたような状況になった。そして、アミとマナにこのことを知らせ、皆でサザール川のほうへ行くことになった。

◆第十六章　サザール川のほとりで

「君たちの考えは間違っている。自分の国さえよければ、他の国はどうでもよいということでは、決して幸せになれない」とアライ。

「星の国は、宇宙の安全と幸せをもたらしてきた。宇宙の覇権を握っていくことが、全体の利益になるのだ」と皇帝リッテンハイム。

「アライ、君が星の国のことを忘れて、龍の国のことばかり考えるようになったから、サザール川を枯らしたのだ。龍の国こそ、自分たちが宇宙の覇権を取るにふさわしいと考えているのではないか」とX星のタール。

「君たちがサザール川を枯らしたことは知っている。私とヤンとロゼで調査済みだ。こうしたことを行っても、宇宙は平和にはならないはずだ」とアライ。

「ほう、そうかな。我々は、いつでもサザール川など枯らすことはできるぞ」と皇帝リッテンハイム。

「銀河評議会で決まったはずだ。星の国も龍の国も互いに協力して、宇宙の平和に貢献するということを……」とアライ。

サザール川のほとりで、こうした話がなされている。一年前、この川は、枯れ果ててしまい、この川の水が枯れたために、ひまわりの畑が全滅してしまったのである。やっとの思いで、以前の状態に戻ってきた。その間、アライや同労者たちは、必死の思いでひまわりの畑の花が満開になるようにしてきたのである。ひまわりの花が枯れたことのショックで、アミは記憶喪失になり、やっと、すこしずつ元に戻ってきたのだ。こうした会話がなされている中、少し離れたところに人々が集まってきた。アミやマナをはじめとして、ひまわりの畑の同労者や街にいた者たちである。彼らは、遠巻きにアライと皇帝たちの様子を見ている。徐々にアライたちのところに近づいていき会話が聞き取れるほどになった。その人々の恰好は、おもむろに棒を持ったり、鎌を持ったり、いつでも戦えるような恰好をしている。アライたちの声が聞こえてきた。

「アライ、お前の命を頂戴する」とリッテンハイム。

「リッテンハイム、きさま、『星の国　勇者武術大会』の腹いせか？　私の命をくれてやったら、再び、サザール川の水を枯らしたり、この銀河宇宙で悪さをしないと約束するか？」

「あぁ、そうだとも。お前が、憎くて憎くて、しょうがないのだ」とリッテンハイム。

そのような話をしている中で、アライは、アミやマナ、その他の群衆に気づいた。そして、こう言った。

「ここに、私の妻、アミがいる。アミは、お前たちがひまわりの畑を全滅させてしまったために、記憶喪失になったのだ。このアミに手を出さないと約束するか？　リッテンハイム」

「ふっ、よかろう」

そう言うと、リッテンハイムは剣を抜き、まっしぐらにアライの所に近寄り、脇腹のところに剣を刺し通した。アライは、小さな声で、『わが血にて、えいあのかぎり……』と呟いていた……。

アライは、抵抗すればそうすることができたのに、それをしなかった。なぜなら、抵抗しても宇宙の戦いは終わらないと悟っていたのである。自分の血の証を持って、宇宙の平和が促進されれば良いと考えたのである。

アミは、突然の出来事に、泣き声をあげながらアライのそばに駆け寄った。

「アライ、どうしてこんなことになったの？……私を一生、守ってくれるって、約束したじゃない……どうして、どうして……」アミは泣きながら、アライに声をかける。

アライは、力を振り絞って、アミに答える。

「アミ、すまない。……この指輪を君の指輪と一緒にして、あの大木のてっぺんにあるつぼみにかけてくれ。そのつぼみから咲く花は、どんなことがあっても枯れることがない。君と僕の愛のしるしだ。君を守る。……だから、頼む……」

そう言って、アライは力尽きた。

「アライーー」アミは、声の限り叫んだ。

「ふっ、行くぞ」

リッテンハイムは、X星の二人と共に、宇宙船に乗り、急いでその場を去っていった。

残された群衆と、アミとマナは、亡くなったアライの周りで、みんな泣いていた。

しばらくして、アミはみんなに話を始めた。

「みんな、ありがとう。アライは、この銀河宇宙の平和のために命を犠牲にしました。みんなから愛されていたことも私はよくわかりました。アライの体は、王様の墓地に埋めてもらうことにしましょう。皆さん、アライのために、体を王様の墓地まで運んでください。私とマナは、これから、あの『不思議な大木』のところへ行きます。アライの指輪と私の指輪を持って……」

「アミ様、ご一緒いたします」とマナ。

「さぁ、みんなで、アライの体を王様の墓地まで運ぶんだよ」とキャスパ。

「よっしゃ、俺たちで運ぶぞ」とヤン。

「任せてくださいよ」とロゼ。

「みんな、ありがとう」とアミ。

皆は、悲しみながらもアライの遺体を近くにあった花を取って来てアライの体にのせ、自分たちが持っていたロープや棒などを使って遺体をのせる台に仕上げて、四人で四ケ所、自分たちの肩の高さに台を担いで静かに街の方角へ戻っていった。一方、アミとマナは、ユリの花の群生に向かって歩き始めた。

◆第十七章　再び不思議な大木の下で

ユリの群生がたくさん見えてきた。秘密の花園の入り口だ。アミとマナは、入り口のところに着くと、さっそく、呪文を唱えた。

「わが血にて……えいあのかぎり……」

秘密の花園の扉は開き、光の間へアミとマナが入る。第一の部屋（光の間）に入った二人は、天龍様に語りかけた。

「天龍様、天龍様。今回は、私とマナで来ました。アライは、宇宙の平和に反対する者たちによって殺されてしまいましたが、今ここにアライの指輪があります。このアライの指輪と私の指輪を一つにして、不思議な大木のつぼみに差し込みます。第四の扉に入らせてください。天龍様……」と、アミが天に向かって語りかける。

すると、天空全体に影が現れ、大きな龍が出現した。

「あっ、天龍様だわ」とアミが声をあげる。

すると、天龍は、空いっぱいに輪を描きながら、二人に声をかけた。

「恵まれたるアミとマナよ。あなた方は、第四の部屋に入るように」

そう言うと、光の間の後ろの紫色に輝く壁が開き、入れるようになった。第四の部屋は広く続くお花畑である。特にマナは、初めて見る景色ばかりで、あたりをキョロキョロしながらアミのあとを歩いていた。マナが人の姿に変身したのは、アミとアライと三人でこの『アミの花園』に来た時からだから、もう三年近く人の姿のままである。お花畑は限りなく続いており、空は青く、空気は澄み切っていた。いつしか、マナは、歌を歌っていた。

アミとアライと三人で来たあのころを思い出しながら……。

アミはと言えば、アライが亡くなったことで、気持ちが沈んでいたのか黙ったまま歩いていた。アライと一緒に歌った歌を思い出すと、涙があふれて仕方がないのだ。

つらい思いを抱きながらアミが歩いている姿を見て、マナは精一杯おどけて、踊ったり歌ったりしながらアミが明るくなるようにと気遣っていた。半時もしただろうか。アミが歩みを止めた。そして、その場にうずくまり、泣き出してしまったのである。

マナが急いで近づき、アミの肩に両手を当てて、こう言った。

「アミ様、ごめんなさい。私が、昔の歌ばかり歌ったので、アライ様のことを思い出させてしまったのですね。ごめんなさい……」

そう言いながら、マナも一緒になって泣き出してしまった。

二人はしばらく、その場で泣いていた。涙が止まらないのである。

泣き疲れるほど二人は泣いた。しばらくして、アミが語り始めた。

「マナ、不思議だよ。マナの歌を聞いてから、思いっきり泣いたら、昔のことを思い出してきたよ。神様のこと、万幸脈のこと、お父様とお母様のこと、自分が王女であること、マナと一緒に幼いころから遊んでいたよね……。マナ……」

「アミ様……！　そうよ、私とアミ様はいつも一緒でした……。アミ様……」

「アミ様が昔のことを思い出した……」

そう言うと、マナはもっと声を上げて泣いてしまった。

悲しみの涙が、喜びの涙に変わったのである。

落ち着いたら、二人は、再び歩き始めた。今度は、アミとマナは、昔の話をしながら、一つ一つ昔のことを確認するようにして……。

「アミ様、覚えていらっしゃいますか？　私が龍の姿をしていたころ、私の背中に乗って、海の中で、貝やアワビを採ってきたことを」

「覚えているわよ。まだ、五歳か六歳だったのに、たくさん採ってきたことがあったわね。王様に見せたら、王様は、目をパッチリさせて、驚いていたわ」

「ひまわりの畑で最初に聞いたアライ様の歌声はとても素敵でしたね」

「そうね。アライの声は素敵だったわ……」

アミはそう言うと、また涙がほほを伝ってきた。

「あっ、ごめんなさい。アミ様。思い出させてしまって……」

「ふふっ、大丈夫よ。決して悲しみの涙ではないのよ……。アライと一緒にいて、私は幸せでした」とアミ。

そのようにして、アミとマナは談笑しながら歩いて行った。そうするうちに、小川が流れるところに来た。アミがマナに話しかけた。

「あそこにある小屋には、おばあさんがいるのよ。そこで少し休んでから行きましょう」

小屋に来てから、ドアをノックした。

コンコン、コンコン……。

「あれっ、誰もいないのですか？　おばあさん、いますか」とアミ。

すると、小屋の中には誰もいないようである。そうしているうちに、急に風が起きて、空から何かが降りてきた。

「あっ、白龍……」とマナ。

白龍は、小屋の庭先に降りてくると、一瞬のうちに、白髪のおばあさんに変身した。

「おやおや、アミお嬢様とマナ様。よくいらっしゃいました」とおばあさん。

「おばあさんは、白龍だったのですね」とアミ。

「おばあさん、私と一緒ね」とマナ。

「いろいろあったんですね。天龍様から聞いていますよ」とおばあさん。

「おばあさんに会えて、うれしいわ」とアミ。

「さあさ、特製のクラッシュボールを作ってあげようね。手作りのやつを……」

そう言って、おばあさんは、アミとマナのために、水車で挽いた粉でクラッシュボールを作ってくれた。

「おいしい。こんなクラッシュボールって、初めて！」マナは、口に頬ばりながら話す。

「マナ、そんなに、食べすぎよ……」とアミ。

「大丈夫ですよ、たくさん食べてくださいな」とおばあさん。

そうこうしているうちに、『不思議な大木』のところへ行く準備はできた。

「やっぱり、ワープしていかなくちゃならないの？」とアミ。

「アミ様、私が龍の姿に戻って行きましょう。そのほうが速いですよ」

「そうね、ワープは、七回もしなくちゃならなかったけど、マナに乗って行けば、そんなことしなくていいわね」とアミ。

「じゃあ、私は、龍の姿に戻ります」とマナが言ったかと思うと、一瞬、煙が出て姿が隠れたと思った瞬間に龍が出現した。少し、ピンクがかった可愛い龍である。

「背中に乗ってください。アミ様」

「わかったわ。マナ」

「久しぶりに乗りますから、落ちないように注意してくださいね」とマナ。

「大丈夫よ」とアミ。

アミが、マナの背中にまたがると、あっという間に上昇して、空間を移動し始めた。

しばらく移動すると、『不思議な大木』のところに来た。

圧倒的な大きさである。太陽の光の中で黄金のようにも見えるその大木に、マナは圧倒されそうだった。その大木の幹のところに降り立つと、再びマナは人の形に変身した。

「すごい大木ですね。天にも届きそうですね。ここに、アミ様たちは、一年もいたのですね……」

「一年じゃなく、一週間くらいの感じだったわ……」

「時間の感覚が違うのね。もう、ここは、異次元世界なのかしら……」

そう言いながら、アミは、その大木を眺め回して、指輪を差し込める『つぼみ』があるかどうか探していた。

「あっ、あったわ。頂上の部分に指輪が二つ入るような『つぼみ』を見つけたわ」とアミ。

「これは、登るのが大変だから、もう一度、私が龍になりますね。背中に乗って頂上まで行きましょう」とマナがそう言って、アミを背中に乗せて頂上まで行った。

その頂上にある『つぼみ』は、不思議な色をしていた。遠くからは黄金のように輝いていたが、近づいてみると、白く輝く『つぼみ』が時々七色に偏光する。アミは、口の中で呪文を唱えながら、その『つぼみ』に指輪をかけた。すると不思議なことに、二つの指輪が『つぼみ』にかけられて一つになったのである。そして、まばゆいばかりの光を放っているではないか！

アミとマナは、しばらくの間、その『つぼみ』に見とれていた。アミは、アライとの約束の言葉を思い出していた。

『あなたを一生、守るから……。たとえあなたがどうなっても、あなたを愛する……』

アライの声が、その『つぼみ』からしてくるような気がしてならないアミだった。

その後、アミとマナは、その『不思議な大木』から戻って行った。途中、第一の部屋に戻って来た時、天龍から声があった。

「恵まれたる者たち、アミとマナよ。これより、一年に一度、『大木』の木の『つぼみ』を見に来るように……。それが、そなたらの務めである」

◆◆ 第十八章　一輪の花

一輪の花は、美しく、凛としている。一輪の花の美しさに人は心を寄せ、自分の中に希望を見出す。アミが描いた一輪の花は、アライの魂が宿ったものだ。『不思議な大木』の『つぼみ』に二人の指輪を重ね、約束の言葉が響いてくる。

『あなたを一生、守るから……。たとえあなたがどうあっても、あなたを愛する……』

『あなたが行くところ、それが私の行くところです……』

アミとアライの言葉である。

一年がたち、アミとマナは、『不思議な大木』に出かけることにした。一年前と同じようにして、大木のところに来ることができた。そこで、アミとマナが目にしたのは……。

あの『つぼみ』が、花を咲かせている……。

大木の姿は、滝のように枝が垂れており、葉はどこか榊《さかき》に似ている。花は、ひまわりの花のようであり、またゆずりはの花のようでもある。また、時に滴る蜜に濡れた妖艶な花のようにも見える。太陽の光の中で、黄金の木にも見えた花の中でも、アミとアライの花は、特別に輝いている。

「美しいわ……」とアミ。

「素敵ですね……」とマナ。

二人は、それ以上の言葉がなく、ずーっと、眺めていたい気持ちだった。アミとアライの一輪の花を、何時間でも何時間でも……。

『永遠』というものが存在するのなら、アミとアライの愛は、永遠のものだった。

このように、アミとマナは、毎年、決まった時に『不思議な大木』を見に出かけた。花は、枯れずに咲いていた……。

◆◆ 第十九章　街の賑わいと新しい祭り

星の国と龍の国が平和になると、それぞれの国へ人が出かけるようになった。星の国から龍の国へ訪れる人たちは、毎月開かれる祭りと、アミのひまわりの畑に関心を示していた。広大なひまわりの畑は、毎月、満開になる。

酒場は、いつもの賑わいを取り戻していた。しかも、星の国の人たちまでが、一緒に酒を飲んでいるのである。

「いやー、賑やかになったなー。星の国の人たちも増えたなー」とヤン。

「そうですよ。最近、『星の国ウィスキー』がおいしくて、おいしくて……」とロゼ。

「ホントだね。このウィスキー、琥珀色でしかも星をちりばめたように輝くよ」とキャスパ。

「いやはや、龍の国の人たちに喜んでいただけるとうれしいですよ。私は、このウィスキーを星の国から持ってきた者ですから」と、星の国の商人のデリカ。

「うまいのなんのって……。好きになったよ……」とロゼ。

「こうして、星の国と龍の国が仲良くなって良かったなー」

「まあ、一部に反対勢力はあるそうだけどね」とキャスパ。

「それは、仕方がないことです。まだ、我々は五次元世界ですから……」とデリカ。

「六次元以上になってくると、解決してるんだよなー」とヤン。

「そうらしいね……」とキャスパ。

その日は、新しい祭りが開かれることになっていた。

以前の『龍神と太陽の祭り』が、『星神と龍神と太陽の祭り』に変わったのである。

神殿に集まった群衆は、歌を歌っている。星神を讃え、龍神を讃え、星の国と龍の国が仲良くなったことで、感謝を表しているのである。

「はしわたす、こいにこま……。はしわたす、こいにこま……」

神殿の中央にいるアミが祈りを捧げ、一度手を打ち鳴らし、天に向かって語りかける……。

「いんがじっしょう……」

アミを中心として二十四人の巫女たちは、天に向かって祈りを捧げる。

アミと二十四人の巫女たちは、星の国と龍の国の平和と安寧を求め、また、人々の幸せを願って祈り続ける。半時もしただろうか、天は雷鳴し、稲光がする。そして、天から一条の光が神殿の方向に差してくる。天には巨大な龍が現れ、雲の空を旋回し始める。龍の国の龍たちもそれに呼応して空に飛び立つ。また、星神が現れ、空いっぱいに星をちりばめる。神殿に集まっている群衆もその場に跪いて、星の歌と龍神の歌を歌い、祈りを捧げる。群衆は、約二万。

一時もしただろうか。天の雲が晴れてくる。今度は、太陽の祭りである。
「アマテラス……アマテラス……」アミが先頭になって、祈りを捧げる。二十四人の巫女たちもそれに唱和して、祈りを捧げる。そののち群衆が、太陽の歌を歌い始める。二万もの群衆が、各人ひまわりの花を持ってきている。それを天にかざしたり、頭にのせたりして、踊っているのだ。真っ青な空から太陽が輝いている。星の国と龍の国の人たちは、太陽のおかげで、自然に作物が成長し、恵となる命の源となる食物を供給されていることに感謝を表すのである。小一時間も続いただろうか？　太陽の光は、神殿にその力を注ぎ始めた。

神殿に飾ってあった二千本のひまわりが開き始めたではないか！　準備の段階では、ひまわりの花は、つぼみの状態であった。それらのひまわりの花が一斉に花を広げ、太陽の方角に顔を向けている。その命の喜びを力強く表現している。群衆は、その様子を目の当たりにして、大いなる歓声を上げ始めた。そして、太陽の歌を歌い始める……。

アミは、天に両手を広げ、感謝の表現を述べる。
「アマテラス……太陽よ……星の国と龍の国に大いなる幸を賜り……心より感謝す……

星神たちよ、龍神たちよ……それぞれの国を守り……心より感謝す……すべての魂は星神と龍神と太陽に……心より感謝す……」

群衆は、アミに続いて、大いなる歓声を上げた……。最後に、天が呼応し、地面を振動させて祭りが最高潮になる。これからが、新しい祭りの始まりである。

◆第二十章　アミの決断

アミとマナは、毎年、アライの命日が近づくと、『不思議な大木』のところへ出かけていった。ある時、小川の小屋に住んでいる白龍おばあさんが、次のように、話したことがあった。

「あの大木はね。私が生まれるよりずーっと前からあるんだよ。この銀河系宇宙ができたころから存在している。そして、異次元世界に飛び立つためには、あの大木を通らなければならないのさ。あの大木の一部でも触れればよい。あるいは、その大木の上空を通ればよい。七次元、八次元、九次元などへ行けるのさ。しかし、最近、無秩序に大木を利用する者たちが増えてきたので、その役目を終わらせようと、神様方の間で話が進んでいるらしい。……天龍様から聞いたのだけど……、さぁ、どうなることやら……」

こうした話を聞きながら、アミとマナは、毎年、『不思議な大木』のもとへ行くのだった。

十度目の訪問の時、『アミの花園』の第一の部屋で天龍様がアミに話しかけた。

「恵まれたる者アミよ。あなたに伝えたいことがある。今回、『不思議な大木』へ行くことは、特別な時になるだろう。心をしっかり、持ちなさい」

「ありがとうございます。天龍様。心していきます」

小川のほとりに来て、白龍おばあさんに挨拶をし、アミはマナと出かけることにした。

マナの背中に乗って、半時もしたころだろうか。『不思議な大木』のほうがやけに明るい。

「いったい、なんだろう？」とマナ。

「今まで、こんなことはなかったけど……」とアミ。

「もっと、近づいたら見えるかもしれない……」とマナ。

近づいてきて、わかったことは、なんと、『不思議な大木』が燃えているのである。

「あっ、大木が燃えてる」とアミ。

「でもなかなか燃え尽きないですね」とマナ。

「急いで行きましょう、マナ」とアミ。

「はい、わかりました」とマナ。

「やっと大木のところに着きましたが、着陸できません」とマナ。

「わかった。じゃあ、旋回して、谷の向かい側にある岩盤がしっかりしたところに着地しましょう」とアミ。

アミたちは、谷の向かい側にある岩が出ているところで、平らになっている場所を見つけた。そこは、ちょうど宇宙船が離着陸できるような場所であった。

マナと共に着陸すると、アミは、岩の上に立って、アミの『一輪の花』を見つめていた。どんなに不思議な大木が燃えようとも、『一輪の花』は、燃えないでいる。アミは、その『一輪の花』を見つめながら、アライのことを思い出していた。そして、テレパシーでアライに語りかける。

『アライ、異次元にいるのなら、神様のゆるしを得て、応えて……』

『アライ、どこにいるの……』

『何をしているの……』

『私は、今でも幸せだよ』

『心配しなくていいよ』

『あなたの子どもがいるのよ。あなたが去った後、生まれた子どもよ』

『今、腕白な男の子よ』

『マナが、よく面倒を見ているよ』

『名前はね、ミライというのよ。私とあなたの未来に続くからね……』

『ねぇ、アライ、聞こえたら、応えて……』

こうした語りかけをアミが一時ほどしただろうか？　声がしてきた。

『ア……アミ……。ア……アミ……』

『僕だ、……アライだ……』

『今、僕は修行の身だ……』

『だから、君のもとへはいけない……』

『でも、いつも君のことを思っているよ……』

『子どもが生まれたって、うれしいね、……ミライって名前か？　……いい名前だ……』

『いつも、君を見守っている……。だから……』


『アライ、もう大丈夫よ。ありがとう……』

『アミ、すまない。アイシテル……』


「ありがとう。アライ……」アミは、小さな声で呟くと、マナに言った。

「マナ、いつもそばにいてくれて、ありがとう。全部、聞いていたよね」ニコッとしながら話をすると、マナは、クスクスと笑ってこう言った。

「あら、なんのことかしら……。私も素敵な人を見つけなくちゃね……。でも、その前に、ミライ様をしっかり育てなくちゃ……。アミ様！」

『不思議な大木』は、随分燃えてしまった。本当は、とうの昔にアミの『一輪の花』は、燃え尽きていたのかもしれない。しかし、アミの心の中では、燃え尽きず、いつまでも輝いていたのである。その姿をいつまでも見ていた。それは、マナも同じであった。

半時ほどして、アミはそれまで見つめていた『一輪の花』に別れを告げるかのように、体を反転させ、キリッとした目で、マナに言った。

「マナ、私はもう大丈夫よ。しっかり、生きていくわ……」

「私も、アミ様と一緒に、強く生きていきます」とマナ。

二人は、燃え尽きようとしている『不思議な大木』を後にして、戻っていった。

◆◆

後記

「ミライ……どこに行ったの？　……またカクレンボなのね？」とマナの声。

「えへへ、ここは、見つからないぞ……」とミライ。

「あっ、いた……」とマナ。

「ひゃー、逃げろ……」とミライ。

「僕たちは、ひまわり探検隊。今日は、ひまわり畑の見回りをする」とミライ。

「はい、隊長。みんなで見回りに行きます」と隊員。

「また、あいつらか……。ミライ様の手下になって、ひまわり畑の探検ばかりやってるぞ」とヤン。

「仕方ないじゃない。俺たちの息子たちだから。ミライ様の手下になるのは。アミ様の子どもだからな……」とロゼ。

「可愛いってもんじゃないかい。マナ様が見てるから大丈夫だよ」とキャスパ。

「あっ、今度は木登りかい。忙しいの……」とヤン。

「この間なんて、マナ様が龍に変身して、みんな大騒ぎだったよ……」とロゼ。

「やっぱり、蛙の子は蛙だね……」とキャスパ。


この後、龍の国と星の国は互いを尊重し、銀河宇宙の中でそれぞれ役割を分担していった。星の国は、他の国より五千年も先の科学技術を持っていると言われ、その技術を駆使して、龍の国をはじめとする様々な国の人々の暮らしを発展させていった。また、龍の国は、銀河宇宙の隅々に至るまで、未開の星を開拓していったのである。そうした中で、アミは、銀河宇宙に住む人々の幸せのために、平和の使者として、訪問を繰り返し、銀河宇宙が一つにまとまるように促していったのである。

おしまい

エピソード
2

銀河系宇宙を巡る旅

◆◆前文　鬼と龍の役割

『泣いた赤鬼』という童話がある。赤鬼は、人間たちと仲良くなりたいと思って、人間をもてなそうと思い、看板を出して待っていた。しかし、人間たちは、鬼を怖がって近づこうとしない。むしろ、鬼を滅ぼそうとして、鬼狩りを行う始末だった。そうした中、一人の女性は、勇敢だった。鬼たちが身を隠す里にただ一人、鬼を恐れることなく、来る日も来る日も訪ねて行った。そう、それは、アミである。

アミは、鬼たちに心を開き、対話をし、鬼から伝え聞いた話を、村に戻っては民衆に話した。鬼たちは、「どこに行けば、万病に効果のある薬草が手に入るか」、「天変地異の兆しを知るにはどうすればよいか」などのことを知っていた。人間たちの中にも家族を治すために鬼の里を訪ねた者もいた。その村人たちに対して、鬼たちは、親切に薬草のあるところを教えたのだった。

アミは、銀河系宇宙を旅しながら、知的生命体に対して、鬼たちの役割を伝えていった。また、龍であるマナたちと一緒であったので、龍が果たす役割についても話していった。

龍の一つの目的は、銀河系宇宙の中にあって、未開拓の星を開拓していくことだった。それらの星にあるレアメタルを食べることによって、その星に生命体が存在するように働きかけた。そして、もう一つの役割は、星と星との繋がりを結びつけることによって、星座を生み出していくことだった。これは、星の国の星人たちとの協力によってなされていった。

アミたちの働きかけで星座が創られることにより、銀河系宇宙が一つにまとまり、強く結ばれるようになっていった。

◆◆第一章　ミライの葛藤

広大なひまわりの畑、ミライは一人でひまわりの畑を散歩している。一歩一歩、足音を確かめながら呟いている。先ほどまで、酒場にて酒を飲み、マスターコビーから聞いた自分が生まれてきたいきさつのことを思い出しながら……。

「僕は何のために生まれてきたのだろう？」

「お母さんのアミは、銀河系宇宙を旅しているけど、お父さんがいたら、僕に何と話しかけるだろう?」

ひまわりの畑は、太陽の光を受けて燦然と輝いている。時折、風がそよぐとミライの頬を優しくなでていく。そんな中、今しがたひまわりの花を収穫した人たちが遠くからやってくる。彼らの中には、ヤン、ロゼ、キャスパの姿もある。彼らは、ミライに気づいて近づいてくる。

「やぁ、ミライ様、今日はひまわり畑で何か探しものですか?」とヤン。

「あっ、ヤン、こんにちは」とミライ。

「なかなかアミ様が帰ってこないので、さびしいねぇ」とキャスパ。

「今から、どちらに行かれるのですか?」とロゼ。

「サザール川に行こうと思うんだ」とミライ。

「サザール川へは、半日はかかりますよ。早めに行かないと……」とキャスパ。

「そうだね、ありがとう」とミライ。

ミライがサザール川にたどり着いたのは、もう日が落ちそうな夕焼け空が真っ赤に染まる時間帯だった。

ミライは、青年になった今、自分の生い立ちについて不思議に思っていた。母親のアミからは、「お父様は、銀河宇宙の平和のために自らの命を犠牲にされたのよ……」と繰り返し聞かされていたのだ。

ミライにとって、サザール川に来ることは、特別な意味があった。ここは自分の父親が犠牲になったところなのだ。ここに来れば何か父親のことを感じることができるのではないかと。父親のことについてはいろいろな人から聞いていた。酒場のマスターコビー、キャスパおばさん、マナ、そして母親であるアミから……。しかし、どうも納得がいかなかった。


サザール川の流れを見ながら、一人たたずんでいた。そうするうちに日は暮れて、あたり一帯が闇に包まれた。ミライは、ポケットの中からチョコレートボールのようなものを取り出し、それをポイっと二〜三メートルのところに投げた。すると、あっという間に、テントができた。近くにあった食用となる植物や木の実を集めた。そして、再びポケットの中から別の色のチョコレートボールを取り出して、それを投げると食事を作る鍋や炭などが一式整った。火を起こして、おいしい食事を作った。クラッシュボールとスープだった。温かい食事を済ませると、心の中まで温かくなり、どっと疲れも出てきた。

そしてその日は、テントの中で深く眠りに入っていった……。

翌朝、ミライは、サザール川に行って顔を洗い、川の水を飲んでいた。するとそこに天空を破って、宇宙船が降りてきた。ミライがいるところからすると、ずっと向こうのユリの花が生い茂るあたりだ。ミライは、ユリの群生に向かって急いで走った。見えてきたのは、銀色の巨大な宇宙船である。宇宙船は自らクッションとなるようなもので船体に損傷がないようにして降り立った。ミライはびっくりしてその場にたたずんだ。すると、宇宙船からアミとマナが出てきたのである。

飛行船が大気に突入する時に、敵からの攻撃を受けていたのである。敵は軍団をなして、アミの宇宙船に攻撃を仕掛けてきた。X星の者たちだと考えられる。X星は、かに座に属していながら、アライの殺害に加わった者たちである。それは、アミが銀河系宇宙を旅しながら、宇宙の愛と平和を促進してきたことに対する嫉妬心からだろうか？　宇宙の秩序を破壊して、自分たちが銀河系宇宙で最高であることを誇示したいのか？　いずれにせよ、アミの宇宙船は敵の攻撃を受けながらも、やっとのことでサザール川の近くに不時着したのである。

アミの宇宙船は、超高速で宇宙を駆け巡る。スピリチュアル光速と言い、光の一万倍の速さで、銀河系宇宙をわずか十日間で旅をする。しかしながら、星に着陸する時はスピードを極端に遅くしなければならず、大気圏に突入する時は、敵の標的となりやすいのだ。X星の者たちは、アミたちがサザール川の近くに着陸することを予測して何カ月も前からこの星の大気圏の外側を監視していたのである。

創詩十八年二月四日、アミの宇宙船は、サンタアミー星に着陸する。この星は、龍の国からなっており、アミが王女として支配をしていた。アミとその助手であるマナは、X星の者たちの策略を事前に察知し、宇宙船全体にバリアを二重、三重に張り巡らし、その攻撃を避けながら、ユリの群生の場所に不時着したのである。なお、「創詩」という元号は、銀河系評議会によって、銀河系の平和が宣言されてからの元号となる。

◆第二章　アミとミライの再会

ミライは、急いでユリの群生に走った。途中、空を見上げると、大気圏を突破して、X星の船体と思えるものが地上に向かってきていた。ミライはとっさに、マジョリティカードの青色を出して、敵船の位置を正しく測定し、銀の龍にもらった水晶の球を足元に置き、戦闘能力のあるブーツをはいていたので、その力を調整し、蹴り上げた。それは、父親のアライが大切にしていたブーツである。

ミライが蹴った水晶の球は、ものすごい勢いで、X星の船体を貫き大爆発を引き起こして、ブーメランのようにミライの足元に戻ってきた。こうした様子をアミとマナは目を真ん丸くして見つめていた。

「ミラーイ、こっちよ。元気にしていたの?」とアミ。

「お母様、お久しぶりです。僕は元気ですよ」とミライ。

「ミライおぼっちゃま。お会いできて光栄です。はやく、こちらにおいでください」とマナ。

マナの手招きに応じて、ミライが高速で移動してきた。

「さすが、アライ様の息子ですね。戦闘能力は、お父様譲りだわ」とマナ。

「お父様が残していたブーツを、しっかりと自分のものにしているわね」とアミ。

「えへへ。僕のお父さんは、銀河宇宙一の戦士だから、このくらい当たり前です」とミライ。

「そのルーペのようなものは何なの? 水晶の球を蹴り上げる前に目の前にかざしたものよ?」とアミ。

「はい、お母様。これは、マジョリティカードと言って、様々な状況で物事の本質を見抜くことができるカードです。何種類もありますが、この青のカードは、敵船との距離、そしてどの方角に蹴ったら的確に当たるか即座に計算し、私に示してくれました。ほかの色もあり、それぞれの役割を果たします」とミライ。

◆第三章　銀河宇宙船のクルーたち

そうこう話しているうちに、アミの宇宙船の中から、他の五人の船員たちが出てきた。アミがクルーたちを整列させ、ミライにみんなを紹介した。その前に、「この船は、銀河宇宙船アロー号よ」と、宣言した。

「そして、ここにいるのが、一等航海士の『ナビ』よ。彼女がいなければ、私が行こうとする目的地には行けないわ」

「次に並んでいるのは、二等航海士の『青鬼』よ。赤鬼よりちょっと力が足りないけど、その分、頭が良くて、ナビの助けになってるの」

「その横にいるのは、一等機関士の『赤鬼』よ。体も大きく力も強いわ。船の機械の操作をこなし、体だけではないことを実証してくれるの」

「通信長は、かに座大星雲から来た『ジョルジュ』よ。彼は、情報を集めることに長けていて、アロー号のクルーたちが、自分たちの役割を認識し、それぞれが組み合わさってチームとして働くことができるように助けているの」
「そして、料理長は、白鳥座アルビデオに属する惑星から来た『オト』」

クルーたちの紹介が終わると、彼らはあわただしく動き始めた。急いで宇宙船アロー号から楽器を持ってきたのである。と言っても、チョコレートボールのようなものをそのあたりに放り投げると、舞台ができ、いろいろな楽器が出てきたのである。クルーたちは、それぞれ担当の楽器のところに着いた。

ドラムとパーカッションは、赤鬼。
ベースギターは、青鬼。
リードギターは、ジョルジュ。
キーボードは、オト。
そして、ボーカルは、ナビである。

「ミライ様、初めまして。ボーカルのナビです。私たちサウンズ・オブ・アローは、銀河系宇宙の様々な音を美しく奏でるグループです。様々な技術を駆使して、銀河系宇宙の最高の美しさを表現することを目指しています。今日、演奏するのは、『バーボンとくるみ割り人形』という曲と、『ジャンバラヤの宴』です。さぁ、始めましょう」

「ワン、ツー、ワン、ツー、スリー、フォー、……」

《音楽がしばらく流れる》

それに合わせて、ミライがタップダンスを始める。しばらくすると、アミがミライに加わって、タップを踏み始める。

マナは、大はしゃぎで手をたたいて、飛んだり跳ねたりしている。2曲目の『ジャンバラヤの宴』の時には、タンバリンを持ち出して、一緒に歌いながら飛び跳ねている。

「演奏はこのくらいにして、そろそろ朝食にしましょう。遅くなったわね。料理長、みんなに朝食を準備してちょうだい」とアミ。

「やっぱり、ジャンバラヤですよね」とマナ。

「了解しました。とっておきのジャンバラヤを作ってあげますからね」と、オト。

その後しばらくして、ワイワイガヤガヤしながら、朝食が始まった。

◆第四章　秘密の花園から死の谷へ

朝食が進む中、アミが立ち上がって、話を始めた。

「みんな、聞いてほしいの。私たちアロー号は、銀河系宇宙を旅しながら、いろいろな星に立ち寄ってきたわね。そして、銀河系宇宙に愛と平和が行き渡るようにみんなに働きかけてきたわ。多くの人たちは喜んで協力してくれた。龍の国と星の国が銀河の覇権を争っていた時代から、今では龍の国と星の国が協力し合って、銀河系宇宙の愛と平和に貢献しているの。私たちは、その平和の使者として銀河を旅してきたのよね。

今回、サンタアミー星に戻ってきたのは、理由があるの。ユリの群生からかつてあった大木に通ずる六次元の原野があるわ。今はもう燃え尽きている大木の近くに、死の谷と呼ばれるところがあるわ。そこで、龍使いとなるために訓練を受けるためなの。少なくとも私とミライはそこで訓練を受けるわ。それは、この銀河系宇宙のどこかで修行をしているアライを見つけ出し、救い出すためなの。いいわね」

ワイワイザワザワ……

「アミ様、私も死の谷で訓練を受けさせてください」と赤鬼。

「僕もです」と青鬼。

「アミ様が行くところは、一緒に行かせてください」とオト。

「私も忘れないで」とナビ。

「アミ様。私たちは皆一緒です。ねぇ、ジョルジュ」とマナ。

「もちろん、そうさ、みんなで行こう」と、ジョルジュ。

「ありがとう、みんな。ただ、死の谷での訓練は、厳しいものであることはしっかりと肝に銘じておいてください」とアミ。

「さぁ、みんなで秘密の花園に入りましょう」

「わが血にて……えいあのかぎり……」

アミがそう唱えると、ユリの花たちの向こうにある花園の扉が開いた。第一の部屋、光の間に彼らは入って行った。アミがミライに話をする。

「この園は、私とあなたのお父様、アライと最初に来たところよ。また、天龍様から啓示を受けたりしたのよ」

「私は航海士だけど、銀河系宇宙の星座巡りをするために、核融合装置のついた宇宙船の反重力を利用して星座間を移動してきたの。だから、スピリチュアル光速に達することができたのよ」と、ナビ。

「まぁ、いろいろな星座で、これまでに七つの宝を得ることができたよー」と、ジョルジュ。

「七つの宝と言っても、実際はアミ様のものですからねー」と、青鬼。

「わかっているさ、でも、みんなで努力して手に入れたものだ」と、ジョルジュ。

「まぁまぁ、仲良くしなよ」と、オト。

「しっ、静かにして……天が曇って、何か変わってきたよ」と、マナ。

天空に大きな影が現れた。空全体を覆うような影で、雷が鳴った。そこに、巨大な天龍が現れ、アミたちに語りかけた。

「恵まれし者たち。アミとその仲間たちよ。私はあなた方を見守る天龍である。聞きなさい。これから、ある大切なことを知らせる。アミとその仲間たちは、死の谷に行かなければならない。そこに、龍の門と呼ばれる場所がある。そこで、あなた方は修行をし、その難関を突破しなければならない。それからあなた方は、銀河系宇宙を旅して、アライがいるところに向かう。そこで、アライを救い出すのだ」

「天龍様、いったいどうしたらアライを救出することができるのですか」と、アミ。

「あなたが手に入れた、七つの宝を使うことによってである」と、天龍。

「天龍様、もっと教えてください。アライは、銀河系宇宙のどこにいるのですか」とアミ。

「アミよ。それは、時機が来たら知らされる……。それまで、しかと訓練を受けなさい」

「天龍様。ありがとう……」と、アミ。

◆◆第五章　白龍のおばあさん

アミとその仲間たちは、天龍からの許しを受けて、第四の部屋へ進んだ。そこは、永遠に続くかと思われるお花畑である。アミとマナは、何度も来たことがあるお花畑だが、他の五人のクルーたちにとっては、初めてのことである。みんなピクニックに来たような気分になって、足どりも軽やかに歩を進める。

彼らは、元々、音楽が好きなので、みんなでハモったりして歌声を響かせながら進んでいる。アミとマナは、後ろからクスクス笑いながら、歩いている。ミライは、きょとんとして、彼らが歌声を響かせているのを見ている。


しばらく歩いて行くと、小川が流れており、そこに水車小屋があった。アミとアライ、マナたちが何度か来たことのある場所である。水車小屋には、白龍のおばあさんがいた。

「やぁ、アミ。しばらくぶりだね。おやおや、今日は大勢でいらっしゃったのね」

「こんにちは。白龍おばあ様。今日は、宇宙船アロー号の仲間たちと息子のミライを連れてきました」

「私がミライです。母がこちらには何度かお世話になったようですね。今回、皆で死の谷に行くことになったので、途中で白龍おばあ様のところに寄らせてもらうことになりました」とミライ。

……

「えっ、今、なんて言ったの？」と白龍おばあさん。

「死の谷です」とミライ。

「死の谷かい。そこの龍の門だろう。うわさには、聞いたことがあるよ。今までに大勢の人がそこで厳しい訓練を受け、途中で挫折した者が多かったよ。わずかに訓練を合格した者だけが、龍使いとして宇宙に飛び立つことができるのさ。そういえば、かつてウーマという名の女性がいた。彼女は美しい人で勇敢だった。彼女は、古代天龍とペアを組み、その厳しい訓練を合格していった。……」と、白龍おばあさん。

「えっ、ウーマ。……聞いたことがある名です。私が十三歳の時、ある方が現れて、私にウーマと呼びかけたことがありました」とアミ。

「そうです、私もその場にいたから知っています」とマナ。

「ウーマには、私が若いころに会ったことがあるよ」とおばあさん。

「ウーマは、自分の母親がパールヴァティーだと言ってました。また、自分がパールヴァティーの涙からできたとも言ってました」とアミ。

「あのー、パールヴァティーって、シバ神の奥さんですよね」と青鬼。

「アミ様は、神様の国から来た人なのかな？」と赤鬼。

「なんかすごいな」とジョルジュ。

「何、言ってんのよ。アミ様が次元の高いところから来てるって最初からわかっていたじゃないの？」とナビ。

「そうかい、そうかい、じゃあ、ウーマはアミ様の前世だね」

「はぁー……」

皆は、びっくりしたまま、白龍おばあさんの話を聞いていた。


「おばあさん、ここでクラッシュボールを作らせてください。みんなのために作っておこうと思うのです。良いでしょうか？」とオト。

さっそく、皆でクラッシュボール作りが始まった。

ワイワイガヤガヤ……

しばらくして……。

「おー、みんなの分ができたぞ。七つの色のクラッシュボールと虹色のクラッシュボール。全部で八通りの物が出来上がった」とオト。

「赤、橙、黄、緑、青、藍、紫、それと虹色……」とマナ。

「私が決めていいかな」とアミ。

「はーい、大賛成」とみんなが口々に言う。

「赤は、赤鬼さんね」

「橙は、ジョルジュかな」

「黄色は、オト」

「緑は、ナビ」

「青は、青鬼さん」

「藍は、マナ」

「紫は、ミライ」

「それと、最後の虹色は、私でいいかしら」

　こうして、それぞれが食べるクラッシュボールが決まった。一人、三個ずつ持って、再び旅をすることになった。

◆◆第六章　麒麟使いのマッキリン

「私一人では、龍になって飛ぶことはできないわ。こんなにたくさんいるんだもの」とマナ。

「やっぱり、ワープを繰り返さないとダメかしらね」とアミ。

そこで、全員の呼吸を整えて、七回も繰り返しワープを行い、大木があったところに来ることができた。反対側に見えるのが、死の谷……。


アミとマナにとっては、何度も来たところである。しかし、かつてのような大木はない。あの大木は燃えてしまって、今は、根株の部分だけが黒く残っている。しかし、その根株の部分だけでも周囲は一キロから二キロになる大きさだ。ここで、アミは、アライとはしゃいで遊んだ時のことを思い出していた。

「アミ様、もう行きましょう。私たちがここに来たのは、大木が目的でなく、死の谷ですから」と、マナ。

「そうね、マナ。私たちが行くべきところは、龍の門よね」とアミ。

アミは、キリっと向きを変えると、言った。

「さぁ、みんな、龍の門に向かっていくのよ」

皆は、アミの声に、「オーッ」と応えて、龍の門に向かって歩み始めた。


しばらく歩くと、誰かが岩の上にいた。背が低くて、賢人のような風貌をした老人で杖を持っている。

「アミ、よく来たな。待っておったぞ。天龍様から、お前たちが来ることは聞いておった」と、老人。

「あなたはどなたですか。賢人様」とアミ。

「うーん。わしか？　わしは、麒麟使いのマッキリンじゃ。この地を監視するためにいる。しかし、時として麒麟を使って、宇宙の果てまで飛び立つこともあるのじゃ」と老人。

「えっ、麒麟使いですか？」とミライ。

「今から、銀河宇宙がどのようにできたのか？　示して見せよう。わしが描くこの空の部分に注目するがよい」とマッキリン。

そう述べると、マッキリンは、自分の背後にある空を杖で一度たたいた。すると大きなスクリーンが現れ、そこに、銀河系宇宙の成り立ちがしばらく映像で示された。

「アミと一緒にいるクルーたちは、この銀河系宇宙のあるところにいるアライを助け出すために、訓練を受けなければならない。今から龍の門に行き、最初の一カ月で受けなければならない訓練がある。その訓練に合格すれば、それぞれにペアとなる龍が決まる。このペアとなる龍が決まらなければ、その者は、別の次元に移されることとなる。さぁ、行くがよい。龍の門をくぐり、訓練を受けてくるがよい！」

『麒麟』というと、どんな姿を想像するかい？」と、マッキリンおじいさん。

「麒麟の形はなぁ、鹿に似て大きく背丈は五メートルほどあり、顔は龍に似て、牛の尾と馬の蹄を持っておるのじゃ。背毛は五色に彩られ、毛は黄色く、身体には鱗がある。古くは一本角、もしくは角のない姿だが、二本角や三本角で描かれる例もあったなぁ」

「普段はなぁ。性質は非常に穏やかで優しく、足元の虫や植物を踏むことさえ恐れるほど殺生を嫌うのじゃ。神聖な幻の動物と考えられており、千年生きると言われておる。ただし、動物を捕らえるための罠にかけることはできない。麒麟を傷つけたり、死骸に出くわしたりするのは、不吉なこととされておる」

「そんな、繊細な麒麟を誰が傷つけたりすることができるだろうか。わしが見ておる麒麟は、背中に羽が生えておる。その麒麟が棲んでいるのは、今はもう燃え尽きたあの大木の根っこのところにある洞穴の中じゃ。と言っても、根っこがあまりに大きいから、どの洞窟の中かは、すぐにはわからんじゃろ」

「麒麟が現れたなら、それは幸福を呼び起こす兆しじゃ。さぁ、アミたちよ。龍の門をくぐって、麒麟に出会えるように、しかと訓練を受けるがよい」

マッキリンは力強く、励ましの言葉を述べた。

◆◆第七章　死の谷での訓練が始まる

「お前たちも来たのか？　赤鬼よ」と門番の鬼。

「あぁ、アミ様のお供をしているからな」と赤鬼。

「俺も一緒だよ」と、青鬼。

入り口にいる門番は、鬼たちであった。龍使いになるためのこの死の谷の訓練所で、鬼たちは、せっせと働いていたのだ。死の谷の訓練所では、一カ月以内にペアとなる龍が決まらないと、別の次元に移されることになる。

死の谷の訓練所の様子は、地下にある巨大な洞窟を利用しているようである。ちょうど、地獄のエンマ大王がいて、そのもとに鬼たちが働いていてすさまじい形相をしている、そんな感じだ。さすがにアロー号のクルーたちは、息を呑んでしまった。

「ここが俺たちの訓練を受けるところか？」とジョルジュ。

「あそこにいるエンマ大王のような方は、龍神だね」とオト。

「鋭い眼光で私たちを見ているわ」とナビ。


そうしている中、アミが目をつぶって、右手の人差し指と中指を眉間に当てて、テレパシーで会話を試みた。

『私は、アミです。宇宙船アロー号のクルーたちと共に、また私の息子も連れてきました。この訓練所の長たる龍神様。あなたのお名前を教えてくださいますか』……

『私は、ヨムルンだ。今は、体を小さくしているが、この星を覆うほどの大きさになることができる。お前がアミか。……名前は天龍から聞いておる。しかし、クルーたちのことは聞いていないぞ』

……

『ヨムルン様。お願いがあります。私と一緒にいるこの者たちは、これから銀河系宇宙を旅して、私の夫アライを救出するのに必要な者たちです。私だけが一人、ここで訓練を受けても、皆の力がなければ、宇宙を旅することはできません。これらのクルーたちと、私の息子ミライも一緒にここで訓練を受けさせてください。お願いします』

……

『フーム、息子のミライもいるのか。アミ、ここでの訓練は厳しいぞ。それでよいか？』

『はい、みんなでヨムルン様からの訓練を受けさせてください』

『よかろう。……ただし、全員が訓練に合格しなければならないぞ。それでもいいのか？』

『はい、ヨムルン様。ありがとうございます。皆で、互いに助け合って合格するようにします』

アミは、そう答えると、ミライとクルーたちに対し向き直って、次のように言った……。

「みんな、聞いてほしいの。私たちは、全員が一つとなって、ここの訓練を受けなければならないの。今、ヨムルン様と話をしてわかったのだけど、一人でも落伍者がいたら、ここでの訓練は不合格になるのよ。だから、お互いを助け合い、チームアロー号として、団結して訓練を受けることが必要なの。みんな、それでいいわね？」

「当然、オーケーです。皆で頑張りましょう」とマナ。

「やりがいがあるなー。俺たちの仲間もここで働いているからな」と赤鬼。

「もちのろんろん」と青鬼。

「ここには、いろんな龍がいるね。僕はどの龍と一緒に訓練を受けるのかな？」と、ミライ。

「まずは、ファーストステージをクリアしないとわからないのよ」とナビ。

「どこにファーストステージがあるんだ？」とジョルジュ。

「あっ、向こうの谷の絶壁のようなところに、平たいところがある。あそこかな？」とオト。

……

『アミ、向こうの谷の絶壁のようなところがファーストステージだ。そこで、横笛の訓練を受けなければならない』とヨムルンがテレパシーで語りかけた。

『わかりました。ヨムルン様。皆であのファーストステージへ行きます』とアミ。

「さぁ、みんな、あそこがファーストステージよ。行きましょう」とアミ。

皆はそれぞれ、自分の得意な方法で、絶壁を登っていく。アミとマナは、ワープを使って瞬間移動する。ミライは、戦闘能力のあるブーツで、そのキック力を使ってあっという間に絶壁を登る。ナビは、コンパスを使って、どの方角から進めばよいか計算し、空飛ぶマントを使って移動する。赤鬼と青鬼は、地道に絶壁を這い上がっていく。ジョルジュと言えば、龍たちとコンタクトを取って、空飛ぶドラゴンにしがみつき、ファーストステージにたどり着く。オトは、断崖絶壁を登りつつ、薬草になる草を採集しながら、登っていく。

全員がそれぞれのスタイルで断崖絶壁のファーストステージにたどり着いた。

◆◆第八章　ファーストステージでの訓練

『ファーストステージでは、横笛の訓練を行う。この試験に合格した者がそれぞれの龍とペアになることができるのだ』とヨムルンが大きな声で、アミたちに話しかけた。

「このファーストステージは、私が担当よ」と、耳の長いうさぎのようないで立ちをした莉々《りり》が話し始めた。

「最初に指笛の訓練から始めます」と莉々。

「指笛？　なんだ、そりゃ？」と、ジョルジュ。

「口に指を挟んで、音を出すことですよ」と莉々。

「あー、アミ様が時々、マナを呼ぶ時に使うやつね」とナビ。

「そうか、アミ様がやっているようにすればいいのか」と青鬼。

「じゃあ、アミ様。いつものように、指笛をやってもらえますか？」とオト。

「いいわよ。みんな、聞いてね」

　アミはそう言うと、皆の前で指笛を吹いた。アミの指笛は独特なもので、人差し指と中指を立てて、高い音を出す。

ヒュー……ヒュー……

透き通るような音が洞窟の中に響いていった。

皆が真似をしようとするが、なかなか音が出ない。

「これって、難しいぞ」と赤鬼。

「なかなかうまくいかないなー」とジョルジュ。

「そうですね。指笛の吹き方はいろいろとあって、親指と中指を輪っかのようにして吹いたり、右手と左手の人差し指を口にくわえたり、人差し指と中指を二本ずつ口にくわえたりと、いろいろなやり方があるんです」と莉々。

「そうか、じゃぁ、二本指をくわえてやってみよう」と青鬼。

ワイワイガヤガヤ……。

みんな、様々なやり方で指笛の練習が始まった。

「あっ、できた」ミライがそう言うと、親指と中指を輪っかのようにして指笛を吹いた。

「私もできたわ」とマナ。

「あんまり吹きすぎて、頭がくらくらするよ」と、ジョルジュ。

「青鬼、おまえできたのか？」と赤鬼。

「あとちょっとだよ。赤鬼さん」と青鬼。

「もうちょっとで、できそうよ」とナビ。

「私は、指を二本ずつ口に入れてできましたよ」とオト。


「皆さん、できたようですね。では、一人ずつ指笛のチェックをしていきます」と莉々。

莉々は、全員を並ばせ、一人ずつ、指笛のチェックをしていった。

「はい、全員合格です」と言って、次の訓練に入るように段取りをする。今度は、横笛の訓練である。全員に横笛を持たせて、莉々は次のように言った。

「今度は、横笛の練習です。先ほどの指笛は、龍を呼ぶ時に使うものですが、横笛は、龍の気持ちをなだめたり、くつろがせたりする時に使います。また、横笛を激しく吹くことで戦闘意欲を高める時にも使います」

「まずは、音階の練習からやってみましょう」と莉々。

各人は、横笛を受け取って、まずは音を出すことから始めて、音階の練習を行っていった。

「ひと、ふた、みー、よー、いつ、むー、なな、やー、ここのたり、ここのたりー」莉々が声を出す。それに合わせて、皆が音程の練習をしていく。

「ひと、ふた、みー、よー、いつ、むー、なな、やー、ここのたり、ここのたりー」……

「なかなか難しいや」と青鬼。

「一つ、コツを得たら後は簡単ですよ」と莉々。

「これができるようになると、どうなるの？」とマナ。

「横笛の音に合わせて、龍たちが寄ってくるの。そうしたら、その人の横笛に合った龍とのペアができるのよ。そしたら、セカンドステージに行けるのよ」と莉々。

「じゃあ、私がマナといる時に横笛を吹くことがあるけれど、それをやってみましょうか？」とアミ。


しばらくアミが横笛を吹く……。

「なんか、しんみりしているけど、美しい音色ね……」と、ナビ。

「心が癒される音色だね……」と、青鬼。

「お前、そんなことがわかるのか？」と赤鬼。

「あれっ、マナが龍になったぞ」と、オト。

横笛の音が流れる中、龍になったマナがアミのもとに近づいて、すり寄っていった……。

「合格です。アミさんとマナさん。二人は、一緒になって次のステージに行けます」と莉々。

「俺たちも頑張って、次のステージに行けるようにするぞ！」とジョルジュ。

皆はそれぞれ、横笛の練習を再開した。

「莉々さん、私に試験を受けさせてください」とミライが申し出た。

「はい、いいですよ」と莉々。

ミライが吹く横笛は軽快な中にも時として力強さがある。ミライの横笛に反応したのは、紫龍のラオだった。ラオは、紫龍の中でも勇敢な龍で力強い者であった。ラオは、一直線にミライのもとにすり寄り、その傍らに来たのである。

「はい、ミライさん、合格です」と莉々。

「わーすごい」、と、皆が歓声を上げた……。


「次に試験を受ける方は、どなたでしょうか？」と莉々。

「はい、次は、私が受けます」とナビが申し出た。

「ほかの人の横笛を真似するのでなく、自分自身の音色を出すかどうかが大事ですよ」と莉々。

「わかりました。やってみます」とナビ。

ナビが吹く横笛は、水平線のかなたから昇ってくる太陽を思わせるような静かに始まるものだった。そして、曲が進むと、軽快で明るいものへと変わっていった。

ナビの横笛に反応したのは、緑龍であった。緑龍は、用心深くあたりを見渡しながら、ナビのもとへすり寄ってきたのである。

「合格です。ナビさん。緑龍のサチはあなたを気に入っています」と莉々。


「では、次は、どなたでしょうか」と莉々。

「はい、僕でお願いします」とジョルジュ。

「頑張ってください」と莉々。

ジョルジュの横笛は、低い音で始まったが、その低い音でリズムを刻むようにして、軽快な横笛へと変わっていった。その演奏に反応したのが、橙龍であった。橙龍は、あたりをぐるっと一周しながら様子見をして、最後に、ジョルジュのそばにすり寄ったのである。

「合格です。ジョルジュさん。橙龍は個性的ですが、あなただったら一緒に訓練をやれますよ」と莉々。


「オト、次は君だな」とジョルジュ。

「はぁ、俺かぁ」とオト。

「頑張ってください。オトさん」と莉々。

オトは、横笛で低い音から高い音まで音階を全部吹いた後、音階を利用してメロディを奏で始めた。一つの横笛でありながら、二本の笛を吹いているような、不思議なメロディだ。それにつられて、黄龍が出てきた。黄龍は、時々、黄金色に輝きながら、オトの周りを回り始めた。演奏が終わるとオトの近くにすり寄ってきたのである。

「はい、オトさん、合格です」

そう言うと、莉々は、赤鬼、青鬼に目を向けた。

「次は、どちらが試験を受けますか」と莉々。

「じゃぁ、俺から」と赤鬼が語った。

赤鬼の横笛は、強烈だった。演奏ではドラムをやっているせいもあり、ビートのきいた演奏をする。とても横笛とは思えない。その演奏に反応したのが、赤龍である。赤龍もあたりを力強く舞いながら赤鬼のところに来たのである。パンチのきいた音で終わった時、赤龍は、赤鬼の隣にいたのである。

「合格です。赤鬼さん」と莉々。

「さぁ、最後は、青鬼だな。よろしく頼むぜ」と赤鬼。

「えっ、俺が最後か……」と青鬼。

青鬼は、透き通る海のような、透明な青い空のような、きれいな音を出した。シンプルなメロディではあったが、心静かに聴けるような横笛だった。その演奏に静かに反応したのが、青龍であった。青龍は、用心深くあたりを見回しながら、青鬼の周りを一回転すると、その傍らにすり寄ってきたのである。

「最後に、青鬼さん。合格です。おめでとうございます」と莉々。


「全員合格です。これからセカンドステージに行きます。あの洞窟を抜けたところにセカンドステージがあります。これからは、妖精のサリーが案内をします」と莉々。

「皆さん、こちらですよ」と羽を広げた妖精のサリーがみんなを誘導する。

「カップルになった龍たちも一緒です」とサリー。

皆で洞窟を抜けていく。途中、コウモリがいたり、イモリが舌を出しながら、こちらを見ている。ほとんど黒くなった鬼たちが門番となって、一行が過ぎていくのを見ている。

洞窟を抜けると、真っ赤な炎が周りに常に燃えさかっているサッカーコートのようなところに来た。

◆◆ 第九章　セカンドステージでの訓練

「ここは、セカンドステージ。一キロメートル四方からなっており、その端っこから落ちたら炎の谷に飲まれます。くれぐれも用心してくださいね」と、サリーが話す。

おっかなびっくりしながら、皆はあたりをキョロキョロと見渡している。

「このステージでは、ムチを使いながら、龍と一緒に並走します。ただ、龍使いのおきてとして、龍使いは決して龍にムチをあててはならない、ということです」と、サリー。

「わかったわ。最初に私とマナで、直線を並行して走る訓練を受けるわ」とアミ。

アミは、受け取ったムチで、地面をたたくと、勢いよくマナと走り始めた。マナの表情を見ながら、ムチを地面にたたきつつ、疾走する。龍になったマナも状況を察知して、ムチで地面がたたかれるたびに、気持ちが高まっていく。あっという間に、一キロを走り終えた。


同様に、ミライと紫龍（ラオ）、ナビと緑龍（サチ）、ジョルジュと橙龍（オーレン）、オトと黄龍（ヨーク）、と続いていく。しかし、赤龍（レッド）、青龍（ブルー）は、なかなか動こうとしない。ムチで赤鬼と、青鬼が地面をたたいても、動こうとはしない。どうしたものだろうかと、思案していたところ、オトが思いついた。

『きっと、龍たちもおなかが減っているのだ。私のクラッシュボールを食べさせよう！』

そう思うと、黄色のクラッシュボールを取り出して、それを、赤龍と青龍に与えた。

二頭の龍たちは、喜んでクラッシュボールを食べて、元気を取り戻したようである。再び、赤鬼と青鬼がそれぞれ、地面にムチをあて走り出すと、それに合わせて、赤龍（レッド）と、青龍（ブルー）は、走り出した。ムチの回数を増やすたびに、龍たちは、スピードを上げ、疾走したのだ。

こうしたことを何回か繰り返すと、今度は、全員が直線から応用して、左回り、右回りの並走を行っていった。さらには、全力で走りながらの急停止、また、走りながら、龍の背中に飛び乗ることなど、行っていった。

何度も繰り返しながら、訓練を行っていく。当然、うまくいかなかったり、クルーたちと龍が反対の方向へ走ったりなどした。

アミとマナ、ミライとラオ、ナビとサチ、などは、比較的スムーズに龍と一体化して訓練を進めていったが、その他の者たちは、自分の思いとは裏腹に、龍が動いてくれなかったりと、悪戦苦闘をしていた。

そうした中で、オトがヨークと訓練をしている時のことだった。ふと、休憩しているアミとマナを見た時に、楽しそうに会話をしているのである。

『そう言えば、ヨークにほとんど話しかけたりしないな……アミやミライ、ナビたちは、テレパシーで龍に話をしている。でも俺や、赤鬼、青鬼たちは、全然話もしないな……』

龍を別次元の生き物だと考え、あまりコミュニケーションを取らなかったことに気づき、オトはジョルジュと、赤鬼、青鬼を加えて、話し合いの場を持った。

「なぁ、俺たち、自分のパートナーの龍とは全然話をしたことがないよな」と、オト。

「あぁ、そういえば、そうだな」とジョルジュ。

「自分たちとは別物扱いをしていたんじゃないかな」と青鬼。

「そうかー。そこが問題だったのか……」と赤鬼。


そうこう話していると、オトはおもむろに黄龍のヨークに話し始めた。

「やぁ、黄龍さんよ。あんたは、時々、黄金に輝く時があるよな。あれってどうしてなんだ？……」

「うん、なんだ？　初めて俺に話しかけたな」

「いやー、ありゃ、すごいよ。どうしてあんなにきれいに輝くのかな？」

「そんなにきれいか？　じゃあ、もう一度、輝いて見せようか？」

そう言うと、黄龍は、燦然と輝き始めた。あたりを一変するほど明るくしたのである。

「うわー、すげー」オトはそう言うと、黄龍に話し始めた。

「すごい輝きだよ。これって、どんな時に輝くのかな？」

「うん、そうだな、敵を驚かす時、圧倒的な強さがこちらにあるのを見せつける時かな」

と黄龍のヨーク。

そうこう話しているうちに、他の者たちもパートナーの龍に話しかけ始めた。

「ダイダイ龍さんよ。目立つな、君の色は」とジョルジュ。

「俺も赤いけど、君も赤いね。おあいこだよ、俺たち」と赤鬼。

「青い色は、冷たい感じがするけど、いつも静かにしているのかな」と青鬼。

いろんなことを龍たちに話しかけて、皆がコミュニケーションを取り始めた。

そうこうするうちに、それぞれのペアの呼吸が合ってきたのだ。そうして、全員が直線から応用して、左回り、右回りの並走、さらには、全力で走りながらの急停止、また、走りながら、龍の背中に飛び乗ることなど、上手に行えるようになっていった。


「では、これから、セカンドステージのテストを受けます。最初は、誰からしましょうか？」とサリー。

「はい、僕からお願いします」とオト。

オトは、ヨークと共に前に出て、直線の伴走から始めて、左回り、右回りの並走、急停止、最後に高くジャンプして、龍の背中に飛び乗った時、黄金に輝いた。

「はい、オトさん、ヨークさん、合格です」とサリー。

「次は、私の番よ」と、アミが名乗り出た。

アミは、マナと共に自分たちのリズムを作って、直線の伴走、左回り、右回り、急停止、そして最後に竜巻のようにして、天高く昇り、アミが背中に乗って、天空を旋回した。それを見て、その場にいたみんなが「オーッ」と掛け声を上げ一斉に拍手をした。


その後、次々にそれぞれのペアが合格していった。

ミライとラオ、ナビとサチ、ジョルジュとオーレン、赤鬼と赤龍……。

そして、課題だったのが、青鬼と青龍だった。何度やっても呼吸が合わず、テストのやり直しである。右回りのところを左に回ったり、急停止しないといけないところをそのままやり過ごしたり……。


それを見て、アミが彼らに近寄り、話しかけた。

「青鬼さん、あなたは航海士だよね。いつも頭を使って、航路をシュミレーションしてるよね。このセカンドステージもおんなじだよ。青龍と伴走する前に、全体をシュミレーションして、そのイメージをブルーの想いにテレポーションすることよ。そうして、二人で伴走を始めるといいわ。さぁ、やってみてよ」

このように言われて、青鬼は応えた。

「わかりました。アミ様。さっそくそのようにやってみます」

青鬼と青龍（ブルー）は、呼吸を整え、お互いに脳裏に伴走するコースを思い描きながらスタートラインに立った。そして、爆発的にスタートをしたのである。皆が息を呑みながら見つめている。彼らは、自分たちのリズムを作って、直線の伴走、左回り、右回り、急停止、そして最後に竜巻のようにして、青龍は天高く昇り、青鬼が背中に乗って、天空を旋回した。それを見て、その場にいたみんなが身を乗り出して、一斉に拍手をした。

「合格です。青鬼さんチーム。これで、全員がセカンドステージ合格です」と、サリーが宣言した。

◆◆

第十章　サードステージでの訓練

「サードステージは、私が担当だ」と、声を上げたのは、黒龍を操るルーカスである。

ルーカスは、ヨムルンの一番弟子であり、この死の谷を取り仕切る者である。

「サードステージは、チーム戦だよ」と、ルーカス。

チーム戦のゲームを説明すると、七人がそれぞれの龍にまたがり、相手チームのルーカスの黒龍軍団と戦うのである。セカンドステージの縦横一キロメートルがそのままプレイを行うフィールドとなる。両端の百メートルのところに、それぞれのゴールがある。ゴールは、バスケットボールのゴールのようになっていて百メートル上空にあり、上からボールを入れるとよい。なお、ボールは、小さなバスケットボールのようなものだが、重さは、人間の単位で言えば、百キログラムになる。

審判は、主審がサリー、線審が莉々と、新たに加わったリクである。

このゲームはシューティングパスカルと言い、前列がF1、F2、中盤がC1、C2、C3、後列がD1、ゴールキーパーは、G1である。なお、Fはフォワード、Cはセンター、Dはディフェンス、Gはゴールキーパーの略称である。

アミは、自分たちのチームを見た時に、前列をミライと青鬼、中盤をナビとアミとジョルジュ、後列はオト、キーパーは赤鬼が良いと思った。そして、それぞれの龍にまたがって戦うのである。

「みんな、チームの配置は私が決めたけど、これでいいのね？」

「もちろんですよ。ベストメンバーだと思います」とオト。

「アミさんが真ん中にいるから、全体がわかっていいと思います」と、マナ。

「ミライと青鬼が前列だから点が取れそうな気がするね」とナビ。

対する黒龍軍団には、死の谷で働く鬼たちがまたがって進み出てきた。F1、F2に紫鬼、黄鬼、C1からC3に緑鬼、灰鬼、オレンジ鬼、Dに黒鬼、Gに白鬼である。

それぞれのユニフォームは、軽量の鎧を身に着け、ボールが重いので、片方の手にグローブをはめる。人間のスポーツで言えば、サッカーのフォーメーションのようで、ハンドボールのようにボールを回し、バスケットボールのように点を入れるのである。コートが一キロ四方あり、ゴールが百メートル上空にあるので、龍にまたがらなければ、上空を飛び回ることはできない。龍たちは、それぞれ羽を持っているので、上空を飛び回ることができるのである。

両軍が自陣でフォーメーションを組み、主審がゲームの始まりを待っている。

中央に円が描かれており、そこに主審のサリーがボールを持って、プレイの時間が始まるのを待っている。ゲームの始まりを知らせる大きな鐘の音がなると、サリーがボールを百メートル上空まで投げ上げる。それを見て、ミライと青鬼は、龍と共にボールを取りに行く。相手側の黒龍軍団の紫鬼、黄鬼も負けじと食らいついていく。全員が、上空に飛び立ち、フォーメーションを保っている。

ミライがボールを受け取った。

「くっ、なんて重いボールなんだ」

「アミっ」と言って、ミライがパスを出す。

「ホント、グローブがなければとても受け取れないわね」とアミ。

アミは、全体の動きを見て、サイドのジョルジュにパスを出す。

「ウッ、重い。一度、コートに降りて、ドリブル突破するぞ！」とジョルジュ。

「あいあいさー」とオーレン。

黒龍軍団のオレンジ龍にまたがる鬼が突進してきた時、ジョルジュは、真下に急降下して、コートでバスケットボールのようにボールをドリブルしながら、敵陣のサイドをえぐっていく。それにつられて、黒龍軍団の緑鬼、灰鬼が詰め寄ってくる。彼らがジョルジュにぶつかろうとしたその瞬間、ジョルジュは、相手のディフェンダー黒鬼の上空にパスを上げた。そこに飛び込んできた青鬼とブルー龍がボールを受け、ゴールに向けてシュートを打った。しかし、キーパーの白鬼は、ボールをはじき返す。そこに詰め寄ってきていたミライとラオがとっさにボールを捕らえ、ダンクシュートのようにゴールに入れた。

ゴーーーール……。

アミのチームが全員で喜びを表す。

「やったー。点が取れたわ！」とナビ。

「いいぞ、いいぞ」と青鬼。

「この調子、この調子」とオト。

「さぁ、もっと、点を取るよ！」とアミ。

全員が、歓声を上げた。アミのチームが大喜びである。


「フフッ、そんなことで喜んでいるのか？　アミたちの能力はよくわかったよ。これからが、本番だよ」と、ルーカス。

次の攻撃からは、ルーカスの黒龍軍団がボールを持って始める。

黒龍軍団は、パス回しが速い。紫鬼、黄鬼、緑鬼、灰鬼、オレンジ鬼、黒鬼とパスをやり取りしながら、相手の動きを見守っている。ディフェンダーの黒鬼にボールが来ると、黒龍軍団は全体が前に突進し始めた。パスがフォワードの黄鬼に渡った時、シュートを決めてきた。ゴールの前で、アミチームの赤鬼が必死でボールをはじいた。そこに詰め寄っていた黒龍軍団の二列目の灰鬼がボールを受けて、ダンクシュート。

ゴーーーール……。

「くそー、これで一対一か……」とジョルジュ。

「これからが、本当の闘いよ」とナビ。

「さぁ、次は私たちの番よ」とアミ。

今度の攻撃は、アミたちがボールを持って始まる。

ミライと青鬼、ナビとアミとジョルジュ、オトと、パスを何度も交換する。しかし、ボールが重いためか、パスをするたびに、体力が落ちてくる。ナビが、前方のミライにボールを送った時、相手のディフェンダーに見破られて、ボールをはじかれる。それを見据えてアミがボールを取りに行くが相手の灰鬼、オレンジ鬼が詰め寄ってきたので、ボールをコートの外に出してしまった。


ピー！　と笛が鳴って、線審の莉々が宣言する。

「場外……」と。


これによって、ボールは、黒龍軍団に移った。

黒龍軍団は、フォーメーションを変えてきた。紫鬼、黄鬼を二列目に下げ、中盤の緑鬼、灰鬼、オレンジ鬼をフォワードに上げてきたのである。一時的にアミのチームは混乱した。

そうした中で、黒龍軍団は、パスを回し、最後、灰鬼がダンクシュートで点を入れたのである。ゴーーーール……。

「これが実力だよ」とルーカス。

ピー！　と笛が鳴って、主審のサリーが、点が入ったことを宣言する。

「ウッ、これはやばい」と、ジョルジュ。

「一対二になったわね」とナビ。

「みんな、落ち着いて。あと一点取られたら負けよ。私に秘策があるから、それに従って」とアミ。

「わかりました」と全員で答える。

今度は、アミのチームが攻撃である。

『フォーメーションを変えるわよ。ミライが、ディフェンダーの位置に入る。青鬼をワントップにして、攻撃する。いいわね』と、アミはテレパシーで全員へ伝える。しかも、ルーカスたちには気づかれないようにして。

続く攻撃は、アミたちがボールを持って始まる。

試合が始まると同時にフォーメーションを変える。パスを回しながら、前線の青鬼に渡す。その青鬼は、ディフェンダーの位置にいるミライにバックパスを出す。その時である。ミライは、ラオの背中に立ち上がって、マジョリティカードの青を出した。瞬時にゴールまでの距離、方向を計算し、ボールを置いたと同時に、ゴールに向けて蹴り上げた。弾丸のようなスピードである。あっという間に、点が入った。

ゴーーーーール……。

「これで、二対二だわ」とナビ。

「あと一点、どちらが取るかですね」とオト。

ここで、両チーム、短い休憩に入る。

サークルを組んで、アミが、みんなに話し始めた。

「私たちは、どうしてもこのサードステージをクリアすることが必要なのよ。あと、一点を取るためにルーカスのチームも、必死になってくるわよ。特に、ミライは相手からもマークされているから、みんなでサポートするのよ。ルーカスのチームの灰鬼は、要注意だから、オトとジョルジュで徹底マークしてね」

「了解です」と全員で答えた。

「そして最後は、ボールを私に回して。私が何とかするわ」とアミ。

主審の笛がピーッと鳴り、試合が再開された。

ボールは、黒龍軍団から始まり、彼らはパスを回しながら、どの位置からもシュートを打ってきた。その都度、赤鬼はゴールを守り、コート外にボールを出した。何回目かの相手のシュートをミライがブロックしてパスを出したが、黒龍軍団の紫鬼、黄鬼がミライに体当たりをしてきた。ミライはうずくまり、しばらく立ち上がれなかった。主審のサリーは、反則を認め、黒龍軍団の紫鬼、黄鬼は退場となった。ミライは、コートの外で治療を受けている。アミは、考えた。

「みんな、体力が減少しているわ。ここで、一発で決めないといけないわ」

アミは、ミライのところへ行って、ささやいた。

「ミライ、大丈夫……。あなたのブーツを借りるわ」

そう言うと、ミライのブーツに履き替えて、反則のあった場所に行き、ボールをセットした。

大きく深呼吸をして、助走を始めた。小さな声で呟いた。

「わが血にて、えいあのかぎり……」

ボールは、一直線にゴールへ向かっていく。相手キーパーの白鬼が手を出したところで、大きく変化し、ボールは、ゴールへ吸い込まれていった。

ゴーーーーール……。

「やったー、ゴールだー」

アミのチームから大きなどよめきが上がる。

「勝ったぞ……」

◆第十一章　かに座に向かって、いざ出発!

第三ステージでアミチームがシューティングパスカルでルーカスチームに勝利したために、彼らは、死の谷の訓練所を卒業することとなった。長である龍神ヨムルンは、彼らを呼び寄せ、こう言った。

「アミとその仲間たちよ、お前たちは、本当によくやった。ミライは、もう体調は大丈夫か?　誰かが脱落するだろうと思って見ていたが、誰一人脱落する者はいなかったな。お前たちは、お互いの力を補い合って、チームとして、いろんな困難に立ち向かっていくがよい。龍使いとしてもそれぞれがかなり良くできるようになった。この銀河系宇宙にもいろいろな人種がいるので、一つにまとまって、乗り越えていくように……」
「お前たちの今後を祝福する」
ヨムルンはそう言うと、大きく深呼吸し、アミたちに息を吹きかけた。
「これによって、お前たちは、どこに行っても六次元のバリアの中で行動できるのだ」
「さぁ、行きなさい……」

彼らは、龍の門を送り出されると、麒麟使いのマッキリンに会い、そのまま、秘密の花園のほうへ出ていった。七回のワープを繰り返して……。

水車小屋の白龍おばあさんに会い、そののち、ユリの群生にたどり着いた。銀河宇宙船アロー号は、その場にあった。

クルーたちは、それぞれの立場で、アロー号のチェックを行っていった。機能を確かめながら、一等機関士の赤鬼は、それぞれの主要な濃縮型の核融合エンジン、反重力システム、素粒子によるスピリチュアル光速システムなどが作動するかどうか確かめ、一等航海士のナビは、銀河系宇宙の星座を確認し、航海していく順路を確認している。

通信士のジョルジュは、最初に訪問するかに座大星雲との通信を試みる。かに座は、ジョルジュにとっては、故郷になる。

料理長のオトは、食料が超圧縮された状態で十分に確保できているかどうか確認し、クラッシュボールの数量も点検している。

アミとミライは、銀河系宇宙でどんな危険があるか、入念にチェックしている。最初は、サンタアミー星の大気圏を突破し宇宙空間に出た時、X星の船団が待ち受けていて攻撃してくる可能性があることを確認し合った。

クルーたちの相棒である龍たちは、宇宙空間を飛ぶことができるので、ミライが、普段はアロー号を追いかけてくるように指示し、スピリチュアル光速になる時だけ、龍たちは、アロー号としっかり一体化するように指示をした。


いよいよ出発である。三、二、一、零……

「エイン・フォース・アンテ・ウルル……」

アミが号令をかけると一気にアロー号が上昇していく。大気圏を突破すると、ミライとジョルジュが船外に出て、ミライはラオと、ジョルジュはオーレンと一体化して、X星の船団が攻めてこないか四方八方に注意を向けている。


と、その時、急にX星の偵察機と思われる三機がアロー号に攻撃を仕掛けてきた。ミライがラオの上に立ち上がり、マジョリティカードの青を出して、偵察機の位置と速度を見定め、ブーツで水晶の球を蹴り上げた。X星の偵察機は、粉々に吹き飛んだ。あと二機が追ってきている。今度は、ジョルジュがオーレンと共に二機目の偵察機の後ろに回り、バズーカ砲で仕留めた。三機目の偵察機は、状況を見て、遠くへと逃げていった。

「くそー、逃がしたか……」と、ジョルジュ。

「きっと、船団の中枢に報告に行ったんだよ。……しかし、三機とも撃墜しても我々がサンタアミー星から宇宙空間に飛び立ったことは、わかっているはずだ」とミライ。

『ミライとジョルジュ、それから、すべての龍たちよ。アロー号に戻りなさい。一体化して、スピリチュアル光速に移ります』アミが全員にテレパシーで指令を出した。

龍たちは、アロー号の船体にしっかりと張りついていった。ミライとジョルジュは、船内に入り、それぞれの持ち場に着いた。


「エイン・フォース・アンテ・ウルル……」

アミが号令を下すと、あっという間にアロー号は消えていった。光の一万倍の速度であるから、全然見えないのである。アミが一等航海士のナビに尋ねた。

「かに座までどれくらいの時間がかかるの？」

それに対して、ナビが答えた。

「サンタアミー星が一日二十四時間ですから、それによると、十八日くらいです」

「そう、銀河系宇宙の端にある太陽系の惑星、地球と同じなのね」とアミ。

「そうですね。ただ、地球は現在、知的生命体が存在していないようです」とナビ。

「もうすぐ、その地球にも私たちのように、知的生命体が存在するのね」とアミ。

「はい、そうです」とナビ。


「みんな、聞いてちょうだい」とアミ。

「今、宇宙船アロー号は、かに座に向かって飛行中よ。あと数日すれば、かに座に着くわ。その時、X星の宇宙船団が私たちを攻撃してくるはずよ。かに座の近くになると、アロー号も極端にスピードを落とさなくてはならないの。そこを狙ってX星の船団は、攻撃を仕掛けてくると思うの。それをどうしたらいいか？　ナビやミライと共に話し合っているの。その対策案ができたら、みんなにテレパシーで伝えるから、心配しないでください。それまでは、体を鍛えて、精神を集中できるようにしていてくださいね」とアミ。

「わかりましたー。ブラボー……」と、みんなが異口同音に答えた。


あと一日でかに座に着くというころ、アミとミライとナビが話し合っていた。

「いいわね。それでいくからね……」とアミ。

「星と星の位置を確かめて、空間の一番広いところを見つけなくちゃ」とナビ。

「今だったら、修正が効きますからね」とミライ。

「修正をかけるよ……」とナビ。

「ＯＫ、それでいいです」とミライ。

「それでは、明日、皆に知らせましょう」とアミ。


次の日、かに座に接近する一時間前、アミが全員に、テレパシーで知らせる。

『今から、かに座の中心の空間となっているところを通過する。敵は、我々がスピリチュアル光速を落とさないので、どこにいるかわからない。かに座の反対側に行ったら急激にスピードを落として、そこから反転して、かに座に着陸する。ターフ星は、かに座の最大の星であり、私の夫アライが住んでいたところなの』

『了解』ナビ。

『了解』ジョルジュ。

『了解……』と他全員がテレパシーで答えていった。


確かに、Ｘ星の船団は、かに座の前に陣取っていた。数百艘もの宇宙船団である。いくらアミたちが勇敢であったとしてもかないそうにない。しかし、Ｘ星の船団は、スピリチュアル光速の船団をレーダーでも捉えることができなかった。

これによって、アロー号は、敵をまんまと欺き、かに座の裏側に行くことができた。そこで反転するために、スピードを落とさなければならない。その時、アロー号と一体となっていた龍たちが目を覚ましたのである。彼らは、アロー号に張りついていた間、冬眠状態だったのである。

◆◆ 第十二章　ターフ星のおもてなし

かに座の中で最大の星であるターフ星は、かつてアライが育ったところである。また、アミとアライが結婚したことをこの星で報告した時、この星の人たちは、こぞって歓迎し、祝福したところでもある。

【星の宝】となっていたアミは、ターフ星において、絶大なる歓迎を受けていった。同僚のクルーたちは、どこに行っても大変な歓迎を受けるので、みんな目を丸くして、あたりをキョロキョロしている。

「アミ、すごいですね。この国の人たちは、お父さんとお母さんのことを覚えているのですね」とミライ。

「そうみたいね。あなたが生まれる前に、星の国と龍の国は、銀河系宇宙の覇権を巡って争っていたの。でも、私たちが結ばれることによって、星の国と龍の国は平和になったのよ。それから、銀河系宇宙を旅して、平和を促していったわ。銀河系宇宙に四十八の星座ができたのも、星の国と龍たちの働きによるものよ」とアミ。
「そうか、銀河系宇宙に星座があるのは、平和の絆の証なのか！……」とミライ。
そんな話をしながら、クルーたちは、ターフ星の王宮へと導かれていった。この時、龍たちは、マナと同じように人の形に変身してアミたちと同行していた。

ターフ星の王宮は立派なもので、高さは百メートルほどあった。中央の階段の両側には様々な彫刻がしてあり、美しい花や蝶など装飾されていた。アミたちは、一歩ずつ階段を上り、百段上がったところに玄関があった。玄関の天井は、高さが五十メートルあり、荘厳さの中に、レッドカーペットが続いていた。中に導き入れられたアミとその仲間たちは、荘厳で美しい王宮の中を歩いて行った。奥には、王様とお妃様がおり、大臣たちがその両側に立っていた。王様の前に来ると、アミはみんなを落ち着かせ、うやうやしく挨拶を行った。

「ターフ星の王様、お妃様、そして大臣の皆々様、今日、皆様方にお会いできることを感謝しています。また、【星の宝】となったわたくしアミは、この星に戻ってこれたことを光栄に思います。また、民衆の花束や歓迎にも心から感謝します。この国が平和の証として存続することが銀河系宇宙にとって大切なことです。宇宙の平和を乱すような動きについては、わたくしアミが決して許しません。王様、お妃様、そして大臣の皆々様、今後とも、この国が発展していくことを心より願います」とアミが発言した。

それに対し、全員からの拍手が鳴りやまなかった。

「さぁ、皆の者、アミが帰ってきた。喜びの宴を開こうではないか……」と王様が発言した。

さっそく、王宮は、宴の場に模様替えをしていった。王宮が整うと、美しい音楽と共に、皆の間に食事が供された。見たこともないような食事に、アミの仲間たちはびっくりしていた。特にオトは、初めて見る料理に関心を寄せ、どうしたらこんな料理ができるのだろうかと、真剣なまなざしだった。

宴が随分進んだ時だった。伝令の者が急ぎ足で、王宮に入ってきた。

「王様、伝令があります」と伝令者。

「何事じゃ。用件を言いなさい」と王様。

「はい、たった今、南の方から、リッテンハイムのものと思われるX星の宇宙船団がやってきています。星の国に対して戦いを仕掛けようとしています」と伝令。

「確かな情報か?」と王様。

「はい、メッセージが映像でも届いています」と伝令。

「大スクリーンを出しなさい」と王様。

……

宴が催されていた上空に巨大なスクリーンが現れ、全員が息を呑んで見ている中、リッテンハイムが姿を現した。

「ようこそ、星の国の皆様。私はリッテンハイム。今日、アミとその仲間たちが、星の国に入ったことを知りました。我々は、銀河評議会の決定に賛同していない。アミがその場にいる限り、容赦はしない。X星の者たちと攻撃にかかる。よろしいかな……フフフ……」

と言ってきた。

アミは、立ち上がり、こう言った。

「王様、宴を設けてくださり、ありがとうございました。しかし、今の状況では、リッテンハイムの船団に対抗しなければなりません。この星に来る前に調べたのですが、リッテンハイムの船団は、全体で百艘ほどの宇宙船からなっています。私たちアロー号だけでは、とても太刀打ちできませんので、援軍をよろしくお願いいたします」とアミ。

「わかった。大臣たちよ。それぞれ手配をして、船団を準備するように」と王様。

「どれくらいの数が準備できるのか？　執事よ」と王様。

「はい、リッテンハイムと同じほどの百艘くらいです」と執事。

「星の国のすべての軍隊へ告ぐ。アミのアロー号の後に続いて、X星の船団を迎え撃つ。数は互角だ。勝利は、君たちの熱意にかかっている。必要なのは、国を守り、平和を守る強い熱意だ」と王様が宣言した。

一方、アミは、全員のクルーに掛け声を上げた。

「みんな、さっそく、アロー号に戻って戦闘隊形を作るよ。私とマナ、ナビとサチは、アロー号の中でみんなに指示を与えるわ。他のみんなは、それぞれ、ペアの龍と共に船外で攻撃態勢を作るの。いいわね」

それに対して、全員は、

「オーッ」と声を上げ、急いでアロー号に戻って行った。

「全員、配置についたわね。それでは、離陸する」とアミ。

「エイン・フォース・アンテ・ウルル……」

アロー号は、反重力を利用して垂直に離陸した。ミライとラオ、ジョルジュとオーレン、オトとヨーク、赤鬼とレッド、青鬼とブルーもアロー号に従って垂直に昇っていった。

「ターフ星の大気圏を出たばかりのところで注意が必要よ。大気圏を突破したと同時にアロー号は、バリアを張るように……」とアミ。

「私たちは、アロー号を攻めてくる戦闘機と戦います」とミライ。

ミライは、マジョリティカードとブーツを使って敵の戦闘機を追撃する。ジョルジュは、バズーカ砲を使って対抗する。オトは、超音波砲を使って、戦闘員の戦意を失くしてしまう。赤鬼は、赤外線砲を使って、相手を焼き尽くす。青鬼は、超冷却砲を使って、敵の戦闘機を凍らせてしまう。それぞれがそれぞれの武器を使って、アロー号を守っていく。

ターフ星の船団も共にアミたちと戦うが、一進一退である。

『これでは、いつまでたっても決着がつかないわ。ミライ、マジョリティカードの青以外のもので決着つけられないかしら？』とアミがテレパシーでミライに告げる。

「はい、アミ。やってみます。ターフ星の船団は、アロー号の後ろにつくよう指示してください」とミライ。

「わかったわ。……ターフ星の船団は、アロー号の後ろにつくように」とアミ。


ミライは、マジョリティカードの黄色を出して、小さいカプセルをセットした。

「リッテンハイム、行くぞ！」

ミライはそう言うと、思いっきり、小さいカプセルをリッテンハイムの宇宙船の上に蹴り上げた。カプセルが相手の上空に達すると、そのカプセルは割れ、中から巨大な網が出てきた。その網は、数十艘の敵の船団を取り囲んでしまい、動けないようにしてしまった。

「今だ、アロー号とターフ星の船団すべてで、あのリッテンハイムの船団を集中砲火するように」と、アミが指示をする。

それに応えて、ターフ星の船団は、リッテンハイムの船団に集中砲火を浴びせる。しばらくすると、宇宙空間で大爆発が発生した。リッテンハイムの船団が大爆発したのである。それを見て、X星の少数の戦闘機が、ちりぢりに去っていった。


アミは状況を確認して、テレパシーで、ターフ星の王様へ連絡した。

『王様、リッテンハイムの船団は、ほとんどいなくなりました。これで、このかに座でも安らかな日々を送ることができるでしょう。我々は、このまま、宇宙を旅していきます』とアミ。

『アミよ。あなた方は、どこへいくのじゃ？』と王様。

『私どものミッションは、アライを救出に行くことです』とアミ。

『ほう、アライは生きておるのか？』と王様。

『どの次元で生きているのかは、わかりません。しかし、生きていることは確かです』とアミ。

『では、こと座に行ってみるがよい。そこは、七次元の世界じゃ。ヒントがあるかもしれん。でも決してオリオン座には行かないように。そこは凶暴な者たちが支配している四次元の世界じゃ。オリオン座は、スカイウォーカーたちが対抗している』と王様。

『はい、わかりました。ありがとうございます。王様。ではこれから、こと座を目指して行きます』とアミ。

「さぁ、クルーたち、アロー号に戻りなさい。そして、龍たちは、アロー号の船体と一体化して出かけるよ！」

「了解」と全員の声。

「エイン・フォース・アンテ・ウルル……」

アロー号は、スピリチュアル光速になって、あっという間にタープ星を後にした。

◆◆

第十三章　こと座のベガ

「こと座までどれくらいかかるの？」とアミ。

「このままスピリチュアル光速で向かうと十日で着きます」とナビ。

「どんな特徴がある星なの？」とアミ。

「こと座は、美しい女王によって治められている平和な国だと聞きます」とナビ。

「白鳥座からも近いので、私も知っています」とオト。

「そうね。オトは、白鳥座アルビデオから来てたわね」とアミ。

ケフェウス座、りゅう座、こぎつね座、ペガスス座など、いろんな星座をアロー号の船外に眺めながら、宇宙を旅している。時々、ブラックホールがあって、飲み込まれそうになる。その都度、ナビと青鬼で、アロー号の方向を修正し、一等機関士の赤鬼が力強く、操縦していく。

「ジョルジュ、こと座の知的生命体にコンタクトを取ってみて」とアミ。

「わかりました……」とジョルジュ。

「我らアロー号、宇宙を旅する者。こと座のベガ、コンタクトを求む……」とジョルジュ。

しばらく通信を続けると……。

「こちら、こと座のベガ、最高指揮者……織り姫」

「織り姫様、私たちアロー号は、サンタアミー星から来ました。ベガに着陸してもよろしいでしょうか？」とアミ。

「わかりました。アロー号の着水を受け入れます」と織り姫。

アロー号は、大気圏を抜けると、ブルートパーズのようなどこまでも続く海の上に着水した。水面に近づくと、宇宙船の底に分厚いラバーを張って、バリアを巡らせた。かつて、サンタアミー星に着陸した時のようにして水面に降り立ったのである。すると、水中から上に上がってくるものがあり、それは、アロー号の着陸を受け入れる大きなプレートのようなものだった。そこに、織り姫らしき人が立っていた。

アミとその仲間たちを受け入れたのは、ベガの最高指揮者。織り姫は、美しい水色のドレスを着て、金色のティアラをしており、瞳はブルーで、気品あるいで立ちだった。

「私は、織り姫。皆さんが来ることは、ターフ星の王様からの波動で知っていました。アミと会うのは、これで二度目になるわね。覚えているかしら、アミ?」と織り姫。

「えっ、二度目ですか?」とアミ。

「そう、二度目よ。あなたは、銀河評議会の時に、アライと共に立派な態度でした。私は、こと座の代表として、その場にいたのよ」と織り姫。

「あののち、銀河系宇宙の様々なところを訪問してきました」とアミ。

「あの時のアライは一緒ではないの?」と織り姫。

…………

「アライは、銀河系評議会の決定に反対する一部の勢力によって、殺されました」

「えっ、それは大変」と織り姫。

「しかし、あの後、アライの波動を感じることができ、銀河系宇宙のどこかで生きていることを知りました。たぶん、次元が違うところだと思いますが、……そのアライを救い出すために、今、銀河を旅しています」とアミ。

「そうなの……」と織り姫。

「詳しいことは、私の王宮に行ってから話しましょう。王宮は、海の上に浮かんでいるから、案内するわ」と織り姫。

ベガは、海に覆われた星である。王宮には、織り姫に仕える者たちが人の姿をしているが、本来は、イルカの形をしている。そして、ベガの都市は、海の中にあるのだ。アロー号に従ってきた龍たちが、時々人の形をしているのと同じである。


「さぁ、ここが王宮よ」と織り姫。

織り姫が手を差し伸べた先に、巨大な王宮が水面から現れた。ベガという星は、かつては、陸地があって繁栄した文明を誇っていた。この星の住民のＩＱは、五千を超えるほどあった。しかし、徐々に水が地表を覆っていったために、ベガに住む人たちは、自ら変化することが賢明だと悟った。それでイルカの形をとっていったのである。

銀河系宇宙に住む知的生命体は、必ずしも人の形をしているわけではない。その星の環境に一番適応した形で存在しているのである。その王宮にもイルカから人の形に変身した家来たちが大勢いた。王宮には、美しい歌声の聖歌隊が存在していた。聖歌隊は、アミとクルーたちを歓迎する歌を煌びやかに歌い、歓迎した。その王宮全体に響くようにして。

織り姫が、アミたちを宴に招待した。食事の内容は、フルーツや野菜などが中心だった。野菜と言っても海藻をアレンジしたもので、フルーツは、南の島の物を連想させた。しばらく、団欒を楽しみながら食事を進めた。そこで、アミが話し始めた。

「織り姫様。ベガは、七次元の世界だと聞いています。ですから、六次元以下の世界についてはよく理解できていると思います。私どもは、五次元の世界に住み、六次元の場所で訓練を受けてきました。それで、六次元まではわかるのですが、七次元の世界についてはまだ、よく理解していません。織り姫様。七次元の世界について教えていただけますか」

アミが問いかけると、織り姫は、ほほ笑みながら話してくれた。

「七次元の世界は、争いや戦争から解放されている世界です。自ら、争いや戦争を解決することができ、自ら争いのない世界を作り出していくことができます。ですから、我々は、イルカの形をとっているのです。普段はイルカとなって、水中で暮らしています。陸地があった時は、人の形で生活していました。しかし、人の時の記憶も残っていますから、こうして、人の形にも戻ることができますよ」

「そうですか……」とアミ。

「私は、龍の国から来ましたから、まだまだ戦争とか経験していたのですね」とアミ。

「五次元の世界ですから……」とミライ。

「織り姫様にお願いがあります。私どもはこの銀河系宇宙のどこかにいるアライを救出に行かなければなりません。今後どうしたらよいでしょうか？」とアミ。

「そうですか。今、アロー号は、反重力の力とスピリチュアル光速を使って、銀河系宇宙を旅しているのですね。ただ、燃料がかなり必要になりますね。その燃料を求めて一つの星に行きなさい。その星には、レアメタルがたくさんあります。アミに従う龍たちは、そこでレアメタルをお腹いっぱい食べなさい。それが予備燃料になるのです。アロー号にもレアメタルをたくさん供給しなさい。

その星とは、このベガから二十五光年先の太陽系の地球という星です。その星のレアメタルは、そこでは、レアアースと呼ばれています。スピリチュアル光速で行けば、地球までは、一日ほどで行くことができます」と織り姫。

「ありがとうございます。織り姫様。この宴を心から感謝します」とアミ。

「食事が終わったら、さっそく、地球に向けて飛び立ちたいと思います」とミライ。

アロー号のクルーたちは、宴が終わると、織り姫とベガの住民たちに感謝を表し、地球に向けて出発する準備にかかった。地球までは、約三十時間、あっという間に着く。クルーたちは、気持ちを引き締め、それぞれの持ち場に着いた。なお、龍たちは、人の形をとって船内に入り込んだ。

◆◆ 第十四章　レアメタルを求めて地球へ

地球は、近づくにつれて、青い美しい星であることを知った。大気圏に突入する前には、急激にスピードを落とし、バリアを二重、三重に張った。大気が濃くて、船体との摩擦で、熱を帯びるようになったのである。地表から一万メートルの高さに達した時から、水平飛行に変えた。時々、雲の合間から地表面が見える。陸地は緑が多く、樹木は、高さが千メートルもするようなものがたくさん茂っている。恐竜がこの地球を支配しているようだ。空を飛ぶ恐竜もいて、なかなか賑やかである。窓の外を眺めていた龍たちが話している。

「おい、俺たちによく似た者たちがたくさんいるぞ」とラオ。

「けっこう凶暴な奴らもいるな」とヨーク。

「確かにそうだけど、空を飛ぶのもいるわ」とサチ。

「我々に似ているけど、なんか違うな」とオーレン。

……

いろいろと龍たちが話をしている中で、しばらく飛行を続けると、海に出た。海は非常に広く、エメラルドブルーの輝きで水平線の果てまで続いている。ミライがマジョリティカードの青を使って、レアメタルのありかを調べていると、海岸線から十キロ付近の海底に大量のレアメタルが存在していることがわかった。

「この沿岸をずーっとたどっていくと、レアメタルをたくさん収集することができるぞ」とミライ。

「まずは、最初に、アロー号に必要な資源を収集して、その後、龍たちが自分で満足するまで食べていいよ」とアミ。

「アロー号の燃料にするには、一度精錬して、燃料として十分なものにしてから船内に導入します。これによって、アロー号は、銀河系宇宙の中心まで飛ぶことができます」とナビ。

海が見つかり、海岸沿いに着陸できるところを探した。しばらく進むと、着陸できる十分なスペースを見つけた。

「船内の皆さんへ連絡します。着陸地点が見つかりました。これより着陸します。全員、定位置に着座し、ベルトをかけてください」とナビ。

浜辺の砂を巻き上げながら、アロー号は、着陸した。

「さぁ、龍たち。レアメタルを採集するように」とアミ。

「おーっ」と掛け声を上げて、龍たちは、海水に潜っていった。

他のクルーたちは、アロー号の周辺を見回しながら、偵察に回った。ミライ、ジョルジュ、赤鬼、青鬼たちである。アミ、マナ、ナビらは、船内の機器の点検やチェックを行っていった。また、オトは、全員で食べる食事を考えていた。

オトがミライにテレパシーで語りかけた。

『ミライ、オトです。今、みんなの食事を作ろうと思います。この地球にはおいしい食材がたくさんあるようだから、海に行って大きな魚を獲ってきてもらえますか？』

『了解。これから、海に潜って、魚を獲ってきます』とミライ。

そう言うと、ミライは、海岸の近くに生えていた大木を切り倒し、あっという間に海の上を走行できるボードを作ってしまった。ミライは、そのボードに乗って、沖のほうまで出かけていった。

しばらくすると、ミライが二メートルほどある魚を二匹捕らえてきた。海岸に出てきたオトが叫んだ。

「ワオー、素晴らしい。こんなに大きな魚があれば、みんなの食欲を満たすことができるよ。さぁ、バーベキューを始めましょう」

「うわー、すごいわ」とマナ。

「こんなに食べきれるの？」とアミ。

「オトさん、他にも食材が必要なのでしょう」と、ナビ。

「じゃぁ、地球の果物や野菜も探してきましょう」とアミ。

アミとマナとナビで陸地のジャングルの中に入って行った。


…………


しばらくすると、海の中に入っていた龍たちも帰ってきて、たくさんのレアメタルを持って来た。また、アミとマナとナビも果物や野菜、それとキノコなども収穫してきた。

……全員で、バーベキューの準備を行った。

「さぁ、みんなで宴を開きましょう。この地球という星で、私たちは、とても幸せな感覚を経験させてもらったわ。その感謝の気持ちを込めて、サウンズ・オブ・アローは、地球を讃える歌を歌うわ」とボーカルのナビが言うと、

「銀河系宇宙の奇跡・地球、という歌だよ」とミライが叫ぶ。

彼らは、地球の素晴らしさを歌いながら、演奏を皆が楽しんでいった。

その後、みんなでバーベキューを楽しみ、ワイワイ、ガヤガヤと宴が進んでいった。

しばらくすると、周囲の森の中からたくさんの目が宴の場に向けられていることをアミがキャッチして、こう言った。

「みんな、静かにして。森の中からこちらに目を向けている者たちがいるわ」

「うっ、本当だ、大勢いるぞ……」とジョルジュ。

「ここは、私たち龍に任せてください」とラオ。

そう言うと、ラオたちは、人間の体から龍本来の姿に変身した。そして、森のほうを見渡していると、森の中から、恐竜たちが数十匹、姿を現してきた。ラオたちの龍と地球にいる恐竜がにらみ合いを始めたのである。黄龍のヨークや赤龍のレッドなどは、口から火炎を発射して、威嚇している。橙龍のオーレンや、紫龍のラオは、空中に飛んで、恐竜たちを威嚇している。一触即発の状況である。そうした状況を見て、アミがみんなに声をかける。

「みんな、ちょっと待って。私が、テレパシーで交信を試みてみるわ」

『地球の恐竜たち、私はアミ。この銀河系宇宙を旅して、愛と平和をこの宇宙にもたらす者。この地球で、あなたがた恐竜たちに会えたことをうれしく思います。私たちは、決して害をもたらす者ではありません。もしあなた方がこのまま立ち去れば、何もしませんが、戦ってくるのであれば、あなた方に傷を負わせることになります。ここにいる龍たちは、あなた方が進化したもので、さらに高位な者となっています』とアミ。

『なに、そんなこと、信じられるか？』とリーダー格と思えるティラノザウルスが答えた。

『さぁ、やっつけよう』と別の恐竜たちが言う。

そう言うと、恐竜たちはアロー号に向かってやってきた。その距離が危険な間になった時、ラオたち龍は、火炎を口から放ったり、空中に飛んで、その羽ばたきで相手に身じろぎさせたりした。攻撃を仕掛けてきた恐竜に対して、龍たちも恐竜たちに打撃を与えていった。そうこうしているうちに、アミがテレパシーでティラノザウルスに言った。

『このまま、戦っていたら、あなたがた全体が滅びることになるのよ。それでいいの?』

『くそー、勝てないのか?』とティラノザウルス。

『当然よ、ここにいる龍たちは全員、あなた方が進化して高位にレベルアップした者たちなのよ』とアミ。

『わかった。この場を引こう。ただ、あの魚を一匹だけくれないか?』とティラノザウルス。

クスクス……と、アロー号のクルーたちが笑う。

『了解したわ。あの魚はあなたにあげるから、もう仲良くしましょう』とアミ。

アミたちは、バーベキューで残った食べ物を全部恐竜たちに渡した。

その後、恐竜たちは、おいしそうにバーベキューの食べ物を食べてから森の中に戻って行った。

「さぁ、みんな、レアメタルもたくさん取れたし、食事で英気も養えたから、これから、別の星に行くわよ」とアミ。

「アミ、次は、どこへ行くの？」とマナ。

「今度は、プレアデス星団、またの名をスバルに行くわ」とアミ。

「どうしてプレアデス星団なんですか？」とマナ。

「プレアデス星団の長老は、かつて銀河評議会の時に、賢明な決定をしてくださった方です。その方に、表敬訪問をしたいと思うの」とアミ。

「確か、スバルは、九次元世界になっていると思います」とナビ。

「そう、私たちよりずっと霊格の高い世界です。こと座のベガが七次元世界だったので素晴らしいと思ったんだけど、それをはるかに凌駕する世界なのよ」とアミ。

「このアロー号でプレアデス星団に行けるのかしら」とマナ。

「大丈夫ですよ。マナさん。この地球から四百四十三光年だから、スピリチュアル光速で十八日ほどです」とナビ。

「プレアデス星団の近くに来たなら、九次元世界になるためにシールドが張ってあると思うの。そこを突破するために、プレアデス星団の長老にテレパシーで何度も交信を試みるわ」とアミ。

「それでは、みんなで出発しましょう」とミライ。

「じゃあ、三次元世界の地球から九次元世界のプレアデス星団に向けて出発します」とナビ。

「みんな、それぞれの位置に着いてください」と一等機関士の赤鬼。

「了解、準備完了」とジョルジュ。

「了解、船内、発射のために準備完了しました」とオト。

「了解、龍たちは、スピリチュアル光速に備えて、準備完了しました」とラオ。

全員が答えていった。

「では、出発します。……エイン・フォース・アンテ・ウルル」とアミ。

アロー号は、プレアデス星団を目指して、宇宙に飛び立っていった。

◆◆ 第十五章　プレアデス星団へ

地球を旅立つと、クルーたちの間にも少しは気持ちのゆとりが出てきたのか、船外の景色を眺める余裕も出てきた。宇宙船が地球を出発してしばらく行くと、こいぬ座、ふたご座、オリオン座、おうし座、などの美しい星座の世界を見ることができた。

星は、様々な色をして光っている。青く光るものもあれば、赤や、黄色のものもある。そうした星座の中で、ひときわ際立って輝いていたのが、プレアデス星団である。地球から見ると、六個か七個の星しか見えないが、近くに来ると、五十から百の星はある。そして、青白く光っているのは、星間ガスが星団の光を反射しているためだと言われている。その青白く光っているのが、実は、九次元シールドである。他の次元の攻撃や侵入を防ぐ役割を果たしている。

アミは、プレアデス星団に近づくにあたり、祈りを続けていた。

『プレアデス星団の最長老様、私はアミです。銀河評議会において、最長老様の賢明な判断で、この銀河系宇宙には平和が訪れました。今回、最長老様から助言をいただくために参りました。九次元シールドを通過してプレアデス星団に着陸することをお許しください』

アミは、何度も何度も祈った。……力を込めて、テレパシーを送り続けた。

……

『アミ、私はプレアデス星団の最長老、かつて、銀河評議会に出席した者だ。アミの熱意に感謝する。九次元シールドを一時的に解除して、アロー号がプレアデス星団に着陸することを許そう。ただ、アロー号がプレアデス星団の大気に入ったことがわかり次第、シールドは封鎖し、他の次元の船団が入ることのないようにする。特に、オリオン座の船団が入らないように、すべての者に注意を告ぐ。オリオンは、争いと憎しみに満ちた暴虐の星だからである。オリオンを平和にすることは、スカイウォーカーたちに任されている』

……

『最長老様、ありがとうございます。私はアミです。着陸地点をご指示してください。一等航海士のナビが誘導に従い航行します』とアミ。

『私は、ナビです。アロー号の誘導をお願いいたします』とナビ。

『管制塔からアロー号に告ぐ。プレアデス星団のアルキオネに誘導する。アルキオネは、プレアデス星団の中で最も明るい星だ。その中心に大都市がある。そこまで誘導するので、指示に従うように』と管制塔より連絡がある。

『了解しました。アロー号、管制塔の指示に従います』とナビ。

アロー号は、アルキオネに向かって、まっしぐらに進んでいった。一瞬、アルキオネのシールドが開かれ、その一瞬で、アロー号はシールドの内側に入ることができた。隙を見て、シールド内に入ろうとしていたオリオン星雲の宇宙船が後からやってきたが、アロー号に追いつくことはできなかった。プレアデス星団は九次元世界であるので、他の次元の者たちを受け入れることはできないのである。特別に許可されたものだけが、このようにして、プレアデス星団の最長老から許しを得て、入ることができるのである。

急激に速度を落としたアロー号は、アルキオネの大気圏に突入した。空気は地球にいた時よりは重く感じられたが、地表面に達した時には、虹色の光がまばゆいばかりの草原地帯だった。何もかもが美しく輝いている。カラフルな花々が草原地帯を彩っている。アミたちは、アロー号の船外に出て、景色を眺めていた。しばらくすると、アロー号が着陸したところの近くから、アルキオネ星人と思われる人が近づいてきた。二メートルくらいの身長があり、白いコートのようなものを身にまとい、歩くことなくアミたちの所へスーッと瞬間移動してきた。

その人は、アミたちのところへ来ると言った。「アミ様、私は最長老様から指示を受けましたロフと申します。皆様をアルキオネの最高会議に招待する係となっています」と。

「ありがとうございます。そのような会議に出席させていただけることは光栄です」とアミは、恭しく頭を下げた。

「ここにいるクルーたちも一緒に最長老様に謁見することはできるのでしょうか？」とアミ。

「もちろんです。龍の方々は、人の形を取ってお会いすることとなります」とロフ。

「それでは、皆さんと一緒に参りましょう」とロフ。

ロフがアミたちに両手をかざすと、ドライアイスのような煙の水盤が足元にできた。アミとクルーたちは、ロフと共に移動していくことができた。しばらく進むと、大きな湖のようなところに出た。その湖の上に、巨大な建物が浮いている。しかもクリスタルガラスのような建築資材で、多くの半透明の物が浮いているのである。こと座のベガの王宮とはまた違った高尚な感じがする。その中で仕えるアルキオネ人は、ロフと同じような姿形をしている。


「ここで会議が開かれているのでしょうか？　ロフ様」とアミ。

「ロフ様と呼ばなくていいです。ロフと呼んでください」とロフ。

「階級や身分の違いはないのですか？　ロフ」とアミ。

「基本的にありません。そのような区別は、次元が低いほどあります。低い次元ほど、そうした階級や身分の違いがないと、うまく統治ができないようです。次元が高い世界ほど、平等で平和な関係です。ただ、その方の役割上、皆が敬意を払うことはあります」とロフ。

「本当だ、僕たちも見習わなくてはならないな」とミライ。

「大丈夫ですよ。皆さんが、この九次元世界に来られたこと自体、差別や上下関係で物事を見るような人ではないことを証明しています」とロフ。

「そうですよ。我々龍たちも、アミ様やクルーたちと一緒にいて、居心地が良いからついてきたんです」とラオ。

「そうだ、そうだ……」と、龍たちが話し始めた。

そうこうしているうちに、会議の間に出てきた。その会議の間には、中央に最長老様がいて、その両袖に、長老たちが腰かけていた。聞くところによると、五万年から十万年生きていると言う。そして、その長老たちの前に、何百人かのアルキオネの議員たちが座っていた。

「プレアデス星団の主要な星、アルキオネにようこそいらっしゃいました。アミと仲間たち。皆さんのお越しを心より歓迎いたします」と最長老が挨拶をした。

「アミと仲間の皆様、中央の部分へ来てください」と議長役の長老。

「そして、銀河系宇宙を旅してきたいきさつを話してください」と議長役の長老。

アミたちは、静かに中央に歩み出た……。

「私はアミです。私が若いころ、星の国と龍の国は、この銀河宇宙の覇権を巡って争いあっていました。私は龍の国の者ですが、星の国の宝として認められ、私の夫アライは星の国の者ですが、龍の国の宝として認められたのです。その時の各々の指輪がそれを証明していました。

そののち、銀河評議会に出席し、夫アライと共に、発言をしました。『世界の喜びのために天命があるのならば、星も龍も互いに手を取り、世界に尽くすことは叶わないのか？』と、『愛と平和の中で人々が生きていくことができないのだろうか？』と、問いかけました。

その時、プレアデス星団の最長老様が私たちの発言を取り入れてくださり、四十八星座が一致して、銀河系宇宙が平和のうちにまとまるように促してくださいました。その決定を私たちは喜んだものでした。

……しかしながら、決定に反対する者が少数おり、その中のかに座のX星の者たちなどが、私の夫アライを殺害したのです。私は悲嘆にくれました。私のそばにいた、このマナが私を支えてくれました。私は、毎年マナと、ある『不思議な大木』のもとへ行きました。そこは、私とアライが結ばれたところです。その大木の上方にある一輪の花のつぼみに二人の指輪を差しておきました。一年後にその花が咲き、十年間、ずーっと花は咲いていました。

その『不思議な大木』は、十年後にマナと行った時には、燃えていました。でも、その花は燃え尽きずに、咲いていたのです。離れた場所からその『不思議な大木』が燃えるのを見ていました。

その時、私は、アライにテレパシーで何度も呼びかけました。すると、一時もした時、アライから返事がありました。アライは生きていて、別の次元で修行中の身であることを知ることができました。

一刻も早くアライに会いたいと思い、私はアロー号のクルーたちと銀河系宇宙の旅に出ました。そして、旅をしながら星々に宇宙の平和と一致を呼びかけながら、アライを見つけ出し、救出したいと思っております。最長老様、どうすればよいか、教えてくださいませ」とアミ。

……

「フム、そうであったか。……アミよ、しっかり聞きなさい」と最長老。

「はい、受け止めます」とアミ。

「アライは、今、銀河系宇宙の中心にあるブラックホールの中に捕らわれている。自分の力では、そこから抜け出すことはできない。ブラックホールの中に入ることはできるが、抜け出すことは、天命の取り計らいがなければならないのだ。それでよいか。アミ。それでよいのであれば、行ってみるがよい」と最長老。

「はい、是非とも行ってみます」とアミ。

……

「ただ、一つだけ助けがある。それは、十一次元のティアウーバー星に行ってみることだ。その星には七人のマスターたちがいて、この銀河系宇宙について、様々なことを決定できる。七人のマスターたちがアライを救出する手がかりを持っているかもしれない。その星に行くためには、アロー号は、スピリチュアル光速では時間がかかりすぎる。ハイパースピリチュアル光速にする必要がある。それは、光速の百万倍の速さである。今から、この議会にいるすべての力をアロー号に向かわせる。皆の者よいな」と最長老。

「わかりました」と、議員たちが全員で目をつぶり、思いを集中して、アロー号に波動を送った。そのものすごい波動を受けると、アロー号は青白く輝き出し、力を持った生き物のようになったのだ。

あっけにとられて、アロー号のクルーたちは、その様子を眺めていた。

「アミとアロー号のクルーたちよ。聞きなさい。これより、ティアウーバー星に行きなさい。そして、そこで得られる情報に基づいて、アライの救出に行きなさい。きっと、七人のマスターたちが、君たちを導いてくださるだろう」と最長老。

そののち再び、ドライアイスのような煙の水盤が足元にできた。アミとクルーたちは、アロー号に向かって移動していくことができた。アロー号のハッチが開くと、アミとクルーたちは、静かに船内に入って行った。

◆◆ 第十六章　ティアウーバー星へ

「さぁ、みんな、これからティアウーバー星に出発よ。ハイパースピリチュアル光速になったから、すごく早く行くことができると思うの。ナビ、このアルキオネからティアウーバー星に行くのには、何日かかるの？」とアミ。

「はい、調べてみます」とナビ。

「すごい、わずか三日で行くことができます」とナビ。

「それって、早いんですか？」とサチ。今回は、龍たちも人の形で船内に搭乗しているのである。

「早いってもんじゃないよ。銀河系宇宙をひとっ飛びだよ」とジョルジュ。

「さぁ、みんな行くわよ。クルーたち。そして、龍たちはそれぞれのペアのサポートに入って、持ち場について」とアミ。

「さあ、出発します。……エイン・フォース・アンテ・ウルル」とアミ。


アロー号は、アルキオネのシールドを突破して、あっという間に、ハイパースピリチュアル光速に切り替わった。三日間、目的地はティアウーバー星に合わせて、乗組員は、仮眠状態に入った。そうすることで体力を温存するのである。

三日目にティアウーバー星に近づいた。アミたちは、大気圏の突入を前にして、速度を急激に落として大気の摩擦に対応できるようにした。宇宙船全体のバリアを三重に張り巡らして、船体に負担がかからないようにしたのだ。アロー号は、ゆっくりとした速さになって、地上の小高い丘に降り立った。

アミたちは船外に出てきた。ティアウーバー星の地表の様子は、カラフルな色の花が敷き詰められている絨毯のようだった。自然と、柔らかな音楽が鳴っているような不思議な感覚が彼らを襲った。一メートルくらいの蝶々が飛んでおり、花もそれに応じて大きかった。近くに流れる川は、エメラルドグリーンの色をしており、遠くに見える海の砂浜は、黄金色をしていた。近くに巨大な卵のような建物らしきものが点在している。

その巨大な建物の中から、一人の人が現れた。静かにアミたちのところへ来た。白い衣を身に着けており、背の丈は、人間の寸法で言えば、三メートルであった。しかし、そんなに背が高くても威圧感というものはなかった。顔は女性のようであり、後で知ったことであるが、ティアウーバー星の人たちは、中性であるそうだ。

「アミ、ようこそいらっしゃいました。私はタオです。ティアウーバー星は十一次元の世界で愛と平和の星です。すべてのものが調和しており、天に最も近いところです。我々一人一人が考えることは速やかに実現するので、考え方や感じ方は、常にコントロールしています。この銀河系宇宙で、すべてのものは、次元を上げていくことこそ星が存在していく理由です。生命があるすべての星が、より高い次元へと目指していくことです。より高次元の星が増えることによって、銀河系宇宙はより強固になり、安定していきます。

あなた方が見てきた『地球』は、三次元ですが、やがて人間が現れます。その人間たちで四次元世界を目指していくことが必要です。次元が低いと、貧富の差が現れたり、争いや憎しみが起きたりします。また、次元が低いままだと、争いの延長として、核戦争によって、滅びたりするのです。私たちは、銀河系宇宙の中でそうした事例をこれまで見てきました」とタオ。

「そうですか、ありがとうございます。タオ」とアミ。

「私は、五次元の龍の国から来ました。おおむね争いは解決しているのですが、他の星から攻撃を受けたりすることはありました」とミライ。

「でも六次元世界の死の谷で訓練を受け、アロー号に乗り込んでここまで来ることができました」とナビ。

「みんなで助け合って、来ることができました」とオト。

「龍たちもアロー号のクルーと協力して来ました」とラオ。

「皆さんがここまで来ることができたのは、天はよく知っています。そして、アライを助け出そうとする熱烈な思いも伝わってきています」とタオ。

「これから私たちはどうすればよいでしょうか？」とアミ。

「皆さんは、七日間、私のハウスで生活をします。その間、この銀河系宇宙の成り立ちや星が存在している理由を知り、どうすればこの銀河系宇宙で生きていけるのかなど、知ることになります。そして、七人のマスターたちの前に出ることになります。その七人のマスターたちから、究極の知恵を得ることになります。さあ、皆さん、私のハウスの中にお入りください」

そう言うと、タオは、アミとクルーたち、龍たちを巨大な卵型のハウスに招き入れた。

その巨大な卵型のハウスの中は、とても居心地の良い空間であった。アミたちは、それまで宇宙空間を旅してきて疲労が蓄積していたのであるが、七日間で、その疲労が穏やかに癒されていくのを感じることができた。食事は、小麦とオートミルを混ぜたようなもので、かつて自分たちで作ったクラッシュボールのような味であった。その施設の中で、アミたちは、立体的なスクリーンから宇宙の創造について学び、第一のフォースとしてビッグバン、第二のフォースとして惑星の創造、第三のフォースとして人間の肉体の創造、第四のフォースとして大聖霊によってエネルギーが人に注入されることなど、学ぶことができた。

タオが語った。

「アロー号でここまで来た皆さんは、これまで、第四のフォースによってエネルギーが注入されてきました。六次元のかに座のターフ星、七次元のこと座のベガ、九次元のプレアデス星団のアルキオネ星において宇宙エネルギーを得ることができたので、ここ十一次元のティアウーバー星まで来ることができたのです。……これから、七人のマスターに面会いたします。さぁ、こちらへどうぞ」

タオに誘われるままに、アミたちは、透明のトンネルのようなところを瞬間移動していった。その時、アミがタオに小さな声で話しかけた。他の人に聞こえないくらいにして。

◆

第十七章　ティアウーバー星の七人のマスター

七人のマスターが座る間は、広い神殿の中のようだった。神殿の柱は白くて、天井がどこまで続いているかわからないくらい高くそびえ、銀河系宇宙の天の川を映し出していた。神殿に入って来ながら、アミがアカペラで歌を歌っている。しばらくソロで歌を歌うと、その声は神殿じゅうへ響いていった。それに合わせて、今度は、アロー号のクルーたちが声を合わせる。全員が七人のマスターたちが座る神殿の中央に近づいて来た。アミとクルーたちは、龍たちも加わって、銀河系宇宙の美しさを讃え、その中で、ティアウーバー星の果たす役割を歌詞の中でリスペクトしていった。

しばらく歌声が続いて、彼らは七人のマスターたちの前に来た。アミたちによる合唱隊の歌声は、天に届かんばかりに響いてから終わった。……アミとタオが顔を見合わせて、にっこり笑った。

七人のマスターたちが、徐々に拍手をしていった。その中の一人がこう言った。

「アミ、素晴らしい歌声をありがとう。私たちは、このティアウーバー星で七人のマスターと呼ばれている。我々が考えたこと、語ったことが、銀河系宇宙へ鳴り響いていくのだ。生命体を持った星は、進化していかなければならない。三次元のカテゴリー一の星から始まって、この銀河系宇宙には、今、十一次元、すなわち、カテゴリー九まである。それぞれの星が、次元を上げていくことこそ、存在している理由である。星々の次元が高くなればなるほど、この宇宙は安定し、強力になっていく」

別のマスターが言った。

「このティアウーバー星は、カテゴリー九にあたる。ここに住む民は、すべての問題を解決し、愛と調和に満ちた命を全うしている。ここで命を受けたものの中には、銀河系宇宙の様々な惑星へ行って、その星を救済することを行う」

これに対して、アミが質問した。

「私たちは、少し前に、恐竜が栄える星、地球に行ってきました。この地球は、今、カテゴリーでどれくらいでしょうか。また、これからどうなっていくのでしょうか」

これに答えて別のマスターが語った。

「よく質問してくれた。アミよ。しっかりと聞きなさい。地球は、現在、カテゴリー一である。しかし、この恐竜の時代の後に、人間が地球を支配する。その人間がどんな文明や文化を創るかによって、四次元世界のカテゴリー二に進化することができる。しかし、人間が争いや憎しみにあふれているならば、核戦争を起こしたりして、自滅してしまうことになるだろう。そうならないように、我々は、見守っているのである」

最初のマスターが言った。

「この銀河系宇宙の中には、アレモX三星という星がある。この星は、今、カテゴリー一に属する。かつて繁栄したこの星の住民は、争いや憎しみにあふれて、核戦争の放射能によって、二メートルほどの巨大化したゴキブリがこの星を支配している。かつて存在していた人間たちは、ほとんど裸のような姿をして、恐れながら生きている。また、巨大化した赤アリが、それらの人間に襲い掛かるのである。そうした星にならないように、我々は、地球を見守っていきたいと思っている」

別のマスターがさらに言った。

「アミたちは、この銀河系宇宙の中心にあるブラックホールを目指しているのだな。ブラックホールの特徴について話そう。ブラックホールは、光をも吸い込むほどの恐ろしい力を持つ星である。星と言っても普通の星ではない。ここに入ることはできても、抜け出すことはほとんど難しい。アライはこのブラックホールにいるのだな。もし、ティアウーバー星による使命を得たならば、抜け出すことができる。ただし、別次元の世界に生まれるのである」

ミライが質問した。

「では、その使命を得ることができるなら、お父さんを救い出すことができるのですね」

それに対して、そのマスターは言った。

「それは、アミだけに知らされる。アミよ、七人のマスターの中央に来なさい。そして、他の人たちは、後ろに下がるように……」

そののち、アミは七人のマスターによって、長時間、強力なフォースを受けて、かなりの時間、意識がもうろうとしていた。その間、クルーたちは、遠巻きに不安そうな表情をしていた。

強力なフォースによって、使命を与えられたアミは、七人のマスターたちの指導を受けた後、しっかりと目を見開いてこう言った。

「わかりました。アライを救出に行きます」

そう言うと、キリッとして、後ろを振り返り、アロー号のクルーたちに対して語った。

「これから、銀河系宇宙の中心にアロー号を進めます。ブラックホールの影響を受けないところまで船は進めますが、それから先は、私とミライだけがブラックホールに突入していきます。いいですか……」

それに対して、皆は各人、小さな声で、「はい」と答えた。


アミがクルーたちを代表して、七人のマスターたちに敬意を持って話をした。

「七人のマスター、私アミは、全員を代表してお話しします。皆様との出会いをとても感謝しています。皆さんとの出会いを通して、銀河系宇宙がどのように成り立っており、それぞれ知的生命体のいる星は、カテゴリーを上げていくことが何よりも大切であることを理解しました。そのためには、人は争いや憎しみを捨てて、愛と誠によって生きていくことが大切であることを学び知ることができました。そして、それぞれの星がカテゴリーを上げていくことが銀河系宇宙の繁栄と安定に繋がることも知りました。これらのことは、クルーたちがそれぞれの星に帰っていく時に伝えていくことになるでしょう。また、私とミライは、銀河系宇宙中心のブラックホールの中にいるアライを救出するために出かけます。

どうか、マスターたち、アライを救出する際にテレパシーなどで今後も力を貸してください。よろしくお願いいたします」

そう言って七人のマスターに別れを告げ、アミたちはアロー号のところに戻ってきた。

「さぁ、みんな、位置に着いたわね」とアミ。
「では、出発するわよ。エイン・フォース・アンテ・ウルル」

……

彼らは、ティアウーバー星を出発した。銀河系宇宙の中心にあるブラックホールに行くまでは、ハイパースピリチュアル光速に切り替えた。状況が変わっていく様を全員は、アロー号の窓から眺めていた。
「随分と、この銀河系宇宙を旅してきたわね。これから銀河系の中心までどれくらいあるの？」とアミ。
「ここから銀河系の中心のブラックホールまで約三日です」とナビ。
「そう。では、アロー号を自動操縦に切り替えて、ブラックホールの入り口まで、仮眠しましょう。それから活動に移るわ」とアミ。

◆◆

第十八章　いよいよブラックホールへ

「銀河系宇宙の中央にあるブラックホールは、いて座Aスターと呼ばれる星座の近くにあります。この星には、第四惑星ゆめかが存在しています。第四惑星ゆめかの特徴は、『ゆめか』という女王がいて、いつも愛と平和のために銀河系宇宙のことを祈り続けています」と、ナビが発言した。

皆も仮眠状態から目を覚まし、ブラックホールに近づいていることを知った。

「これ以上、ブラックホールに近づいたら、飲み込まれてしまうわ」とアミ。

「そうです、しばらく様子を見ながら、ブラックホールに突入できるポイントを探しましょう」とナビ。

「あっ、あれは何だ！」と、アロー号の後ろに来る白い点を指さし、ジョルジュが叫んだ。

「私たちを追いかけてきているようね」とマナ。

「拡大して、映像で再現するように」とアミ。……

「麒麟だ。背中に乗っているのは、あっ、マッキリンだ」とミライ。

「オー、手を振っているぞ」とジョルジュ。

「宇宙で麒麟に会えたなら幸福のしるしだ、と聞いている」とオト。

「こちらからも手を振ろう」と赤鬼。

……

麒麟がアロー号の近くを通り過ぎていく間、マッキリンからのテレパシーがあった。

『アミとミライ。あなた方の勇気に感謝します。アロー号の仲間たち。アミとミライが命を懸けてブラックホールに向かっていくことを精一杯、応援してください。あなた方の前途に、幸あれ……』

そう言うと、麒麟とマッキリンは、いて座の方向へ過ぎ去っていった。


「超圧縮の小型酸素ボンベ、黄金九頭竜の鱗でできた無限全身シールド、パワーアップしたアライのブーツ、天龍からもらった水晶の球、闇を切り裂く剣、どんな高圧にも耐えられる手袋、どんな闇でも使えるグラス、マジョリティカード……」とマナが小声で言っている。

「アミとミライの宝の中から、ブラックホールへ突入する際に使える道具を点検しなきゃ」とナビ。

「あらゆる道具を使っても、まずは、ブラックホールの中に入らなきゃいけないのよね」とサチ。

「どんな道具よりも、ティアウーバー星の七人のマスターから送られてくるフォース。……このフォースがどんな状況でもアミとミライを助け出してくれる力なのよね」とマナ。

「ティアウーバー星の七人のマスターから何か通信が来てるの？」とナビ。

「マスターたちからは、アミとミライに、ずーっとテレパシーが送られて来ています。アミもミライもIQが一万を超えていますから、マスターたちからのテレパシーに対応できます」とサチ。

「テレパシーと共に、フォースが無限大まで送られてきています」とジョルジュ。

「あとは、ブラックホールに突入するポイントを見つけ出すことよね」とナビ。


そうこう話しているうちに、アミが言った。

「私は、ブラックホールの中にいるアライにテレパシーを送っています。その反応があるところから一番近いポイントを見つけて、ブラックホールに突入しようと思います」

「僕もそれが良いと思いますよ」とミライ。


しばらくして、ティアウーバー星の七人のマスターから交信があった。

『アミよ。よく聞きなさい。アライは確かにブラックホールの中にいる。しかし、肉体は持っていない。ハイヤーセルフ（魂）で生きているのだ。そのことをわきまえておくように……』と伝えられた。

『はい、わかりました』とアミ。

「ワーッ！　アライからのテレパシーをキャッチしたわ。左四十五度のところにスピリチュアルレーダーをあてて……」とアミ。

「わかりました。そうします」とナビ。

「……」

『アミ、私、アライだ……』とアライ。

『今、ブラックホールの中にいる。ここでは、時間の感覚はない。ここに来てから、どれほどの時間がたったのかわからない。しかし、君が来ることは気づいていた……』とアライ。

『アライ、本当にアライなのね。いますぐあなたに会いたいと、何度祈ったことか。すぐにあなたのもとへ行けるのね。私たちの息子、ミライを連れていきます』とアミ。

『お父さん、ミライです。僕がお母さんを守って、ブラックホールに入って行きます』とミライ。


「マナ、ナビ、準備をするわよ」とアミ。

「はい、わかりました」とマナ。

アミとミライが防護服を身に着けているうちに、マナが泣き出した。ナビもそれに釣られて泣いている。他のクルーたちも下を向いたり、まばたきを早くしたりしている。

「みんな、どうしたの。これからアライを救出に行くというのに」とアミ。

「必ず戻ってきますよ。心配しないでください」とミライ。

「じゃあ、僕も連れていってください」と赤鬼。

「私も」とナビ。

「私はいつもアミ様と一緒でした。私も連れていってください」とマナ。

僕も……、私も……。

アロー号のクルーたちは、アミとミライと共に行動したがるのだった。

何が待ち受けているかわからないブラックホールに行くということに、クルーたちは、アミとの最後の別れのように感じたのである。

「わかったわ。それでは、ブラックホールの影響がないギリギリのところまで龍たちとペアで行きましょう。そこで、私とミライは、ピンホールを見つけて、そこからブラックホールへ入って行くのよ。みんなは、私たちを見届けてから、アロー号に戻るように。いいわね」とアミ。

「わかりました……」とみんながそれぞれ答えた。

ブラックホールの影響がないギリギリのところまで来ると、みんなは別れを惜しむかのようにして、一人一人、アミとミライに声をかけた。

「ありがとう、みんな。必ず、帰ってくるからね」とミライ。

「じゃあ、出かけるよ。ミライ」とアミ。

「はい。みんな、行ってきます」とミライ。

アロー号のクルーたちは、うなずきながら、アミとミライに敬意を表した。

◆◆ 第十九章　ついにアライを救出！

アミとミライは、ブーツから発射される推進力で、ブラックホールのピンポイントで隙間ができているところに入って行った。

アミは、テレパシーでアライに語り続けた。

『アライ、どこにいるの。居場所を教えてください。今、ブラックホールの中に入って来たところです。光を掲げていますから、気づいたら合図を送ってください』とアミ。

……

しばらくして、アライから返事があった。
『今、遠くに光を感じた。私は、ハイヤーセルフになっているので肉体を持っていないんだ。大聖霊に頼んで人の形に戻してもらう。こちらからも青白い光を送るので、それを目印にしてほしい』とアライ。

「あっ、あそこです。アミ」とミライ。
「ここからだと、半時ほどで着くわね。でも、真っ暗で何も見えない」とアミ。
「どこが上で、どこが下かもわかりませんね」とミライ。
「時々、何かうごめくものを感じるけれど、それが何かわからないわ」とアミ。
「私たちに危害を加えるようなものではないらしい」とミライ。

そうこうしているうちに、青白い光の近くに来た。

◆◆ 第二十章　涙の再会

光を掲げていた人は、まさに、アライだった。しかも、ひまわりの畑で働いている時の姿である。景色は、なんと、ひまわりの畑に変わっていた。

「アライ、あなたはアライなのね」とアミ。

「お父さん、僕のお父さんですよね」とミライ。

「みんな、元気にしていたのか」

アライは、笑いながらアミとミライに語りかけた。

「あなた」……アミは、アライを抱きしめると、思いっきり泣いた。

「お父さん」……ミライも一緒にアミとアライを抱きしめながら、泣いた。

……

アミとアライ、ミライの後ろにひまわりの畑が広がっている。そして、どこからか、アミとアライが最初に出会った時の歌が聞こえてくる。アミとアライの歌声は、銀河系宇宙全体に広がるようにして響き渡っていった。

……

◆後記　ミライの宣言

この後、ミライは、アミとアライの「誓いのリング」に守られ、マジョリティカードを使ってブラックホールを脱出することができた。青のカードで方向と距離を正しく測定し、赤のカードをかがり火の炎として道を開いたのだった。そして、アロー号の仲間に再会することができた。

「みんな、聞いてくれ。ブラックホールは、中に入ることはできてもなかなか抜け出すことは難しいんだ。でも、アミとアライが僕にくれた誓いのリングの力に守られて抜け出すことができたんだ。お父さんとお母さんから話を聞いていた大木のつぼみに差した二つのリングだよ。お父さんが持っていたんだ。それを僕にくれたんだ」

お母さんは言った『私は、アライとここにいます。もう離れることはありません』と……。僕がどんなに説得しても、お母さんの意志は固く、お父さんから離れようとはしなかった。

そうしているうちに、天から声がしたんだ。

「アミ。あなたのこれまでの勇敢さと忍耐と敬虔さを天は認めています。あなたは龍の国には戻らずに、アライと共にティアウーバー星に生まれ変わるように。そこで生活し、使命を受けて、カテゴリー一の地球へ転生するようにしなさい。そして、地球にいる新しい人々を教え導くように……地球の人々はあなた方の愛と光を受けてアセンションしていくことが必要です」と。

お母さんは僕がお父さんとお母さんの想いを未来に繋げていくようにと「ミライ」という名前をつけた。だから僕は二人に誓ったんだ。これからは僕がお父さんとお母さんの意志を継いで平和の使者として、銀河系宇宙が一つにまとまるまで精一杯力を尽くすよと。

おしまい

〈著者紹介〉

太田祐一（おおた ゆういち）

1958年６月22日熊本県熊本市生まれ。

両親は建築関係の仕事に従事しており、自身も約10年間、経営者として事業に携わった経験を持つ。

早くからスピリチュアルの世界に関心を抱き、本書を通じて、次元上昇やアセンションに対する理解が深まることを願っている。

アミとアライの詩《うた》　銀河系宇宙編《ぎんがけいうちゅうへん》

2025年4月1日　第1刷発行

著　者　　太田祐一
発行人　　久保田貴幸

発行元　　株式会社 幻冬舎メディアコンサルティング
〒151-0051　東京都渋谷区千駄ヶ谷4-9-7
電話　03-5411-6440（編集）

発売元　　株式会社 幻冬舎
〒151-0051　東京都渋谷区千駄ヶ谷4-9-7
電話　03-5411-6222（営業）

印刷・製本　中央精版印刷株式会社
装　丁　　弓田和則

検印廃止

ISBN 978-4-344-69251-0 C0093
幻冬舎メディアコンサルティングＨＰ
https://www.gentosha-mc.com/